Four Seasons Diary from Kamakura

Tomoko Hoshino

敬 文 舎

星野知子の鎌倉四季だより

敬文舎

装丁・デザイン　竹歳 明弘（STUDIO BEAT）
編集協力　阿部いづみ
日高 淑子

目次

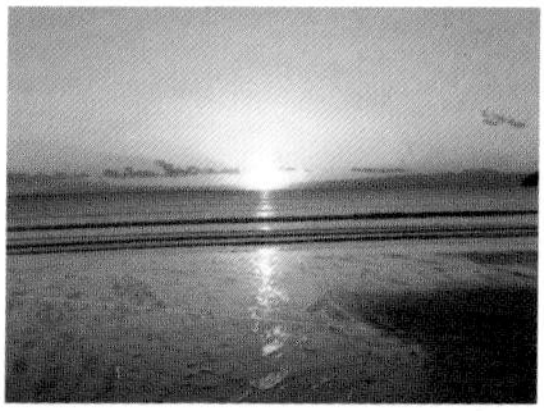

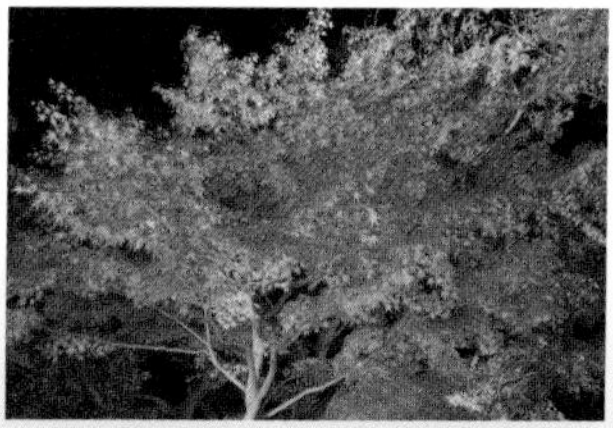

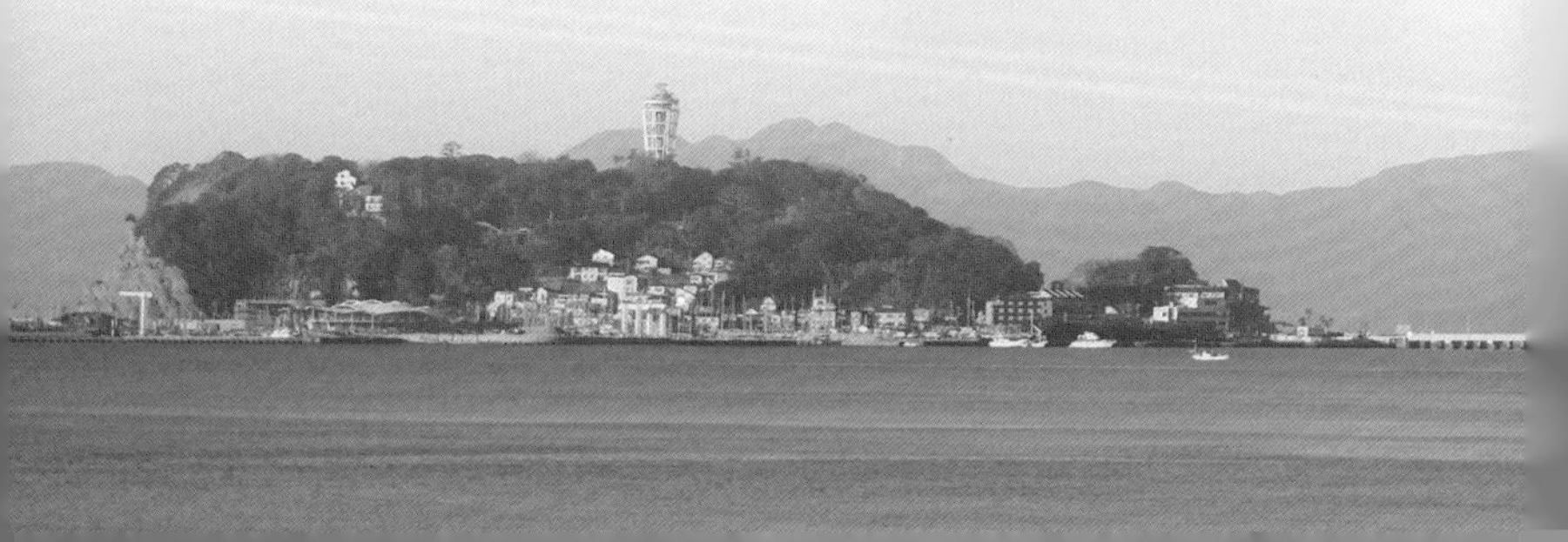

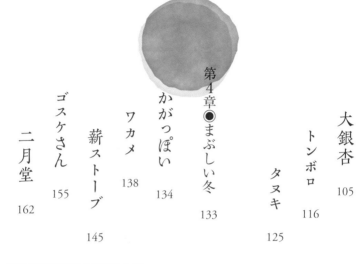

第5章◉新しい日常 167

写真協力（五十音順）
小林 敬（劇団小林組）…カバー写真
鎌倉市観光協会…p39、p67、p97、p188
鎌倉市教育委員会…p194 上、195 上・下
公益社団法人能楽協会…p32、p34、p38
国会図書館デジタルアーカイブ…p90
電子博物館みゆネットふじさわ…p124
身曾岐神社…p33
靖国神社…p31

まえがき

窓を開けると――。

鎌倉の風が運んでくれるもの。

春はウグイスの鳴き声。最初のうちは「ホ…ケチョッ」と下手っぴだが、だんだん上達して、桜が咲くころには「ホーッ、ホケキョ」と美声で歌う。

夏休み。海辺の賑《にぎ》わいがかすかに聞こえる。子どもたちの笑い声はいつも心があたたまる。

秋を感じるのはキンモクセイの香り。どこからともなく漂ってきて、見上げると空にはうろこ雲。

冬、大晦日《おおみそか》の夜は除夜の鐘の音があちこちから聞こえてくる。寒くても窓辺で耳を傾けて、一年が暮れていく。

鎌倉に移り住んで十四年。季節の移ろいのなかで暮らしている。

新潟で生まれ育った私は十八歳で上京し、それからずっと東京だった。都会の生活は好きだったし順応していた。ただ若いときからなんとなく仮の住まいのような気がしていた。そのうち東京を離れることになると漠然《ばくぜん》と思っていた。

人生百年時代だそうだ。百歳をめざすわけではないけれど、まだ先は長い。私は半分の年齢で転機が訪れたようで、結婚することになり、生活が一変した。

まずはどこで暮らそうか。めまぐるしく時間も人も動く都会から離れてみたい。でも、のんびり余生を過ごすには早すぎる。

候補はいくつかあった。雄大な自然が広がる八ヶ岳。温泉三昧ができる熱海。別荘気分で暮らせそうな軽井沢。富士山と湖を楽しめる富士五湖周辺。どこも東京との行き来ができて、田舎《いなか》の良さも町の便利さもある。

鎌倉は、海も山も身近で歴史と文化がある。それだけでも充分魅力的だったが、独特の町の雰囲気にときめいた。

由緒ある洋館と和風のお屋敷が混在し、しゃれた洋菓子店の並びに昔ながらの金物屋が箒《ほうき》やザルをぶら下げている。年中風通しのいい八百屋や魚屋は活気があって、路地に入ればひっそりと別な空気が漂っている。

家をかすめるように江ノ電がゴトゴト走るのも不思議で新鮮だった。

鎌倉は江ノ電の速度で一日が過ぎていくのだろうか。ゴトゴトゴト…。ゆっくりしたリズムに身を任せたくなった。

土地や家探しはタイミング、理想的な土地が見つかったこともある。鎌倉が私たちを引き寄せてくれた。

いま、日々のあれこれを綴《つづ》ってみると、思っていた以上に暮らしを楽しんできたことに気がついた。鎌倉に住んだら名所旧跡を巡って、おいしいお店を探して、海と山で遊ぼう。そう張り切っていたが、意外になんということのない毎日がおもしろい。そして何年か経ってみると、日常生活から鎌倉の姿が浮かびあがってきた。

たぶん、ずっと鎌倉に暮らしている人には当たり前のことかもしれない。でも、新潟の雪深い地で育ち、大都会で過ごしたあとの鎌倉は、私を刺激して新しい生き方を教えてくれた。

普段着の鎌倉を知りたい方、日々の暮らしを大切にしたい方たちに読んでもらえたらうれしい。

第1章　きらめく春

満開の桜と高徳院の鎌倉大仏

桜餅

春になると、床の間に小さな掛け軸を飾る。

灯火《ともしび》の　下に土産《みやげ》や　さくらもち

鎌倉に長年暮らした高浜虚子《たかはまきよし》の句だ。

だれかが手みやげに持ってきたのだろう。淡い明かりの下でつつみを開け、思わずにんまりする虚子。そんな情景が浮かんでくる。優《やさ》しい色合いの桜餅に似合うあたたかい句だ。

毎年この掛け軸の前で桜餅を食べる。渋めのお茶を入れて、

「それでは今年も虚子とともにいただきます」

口の中に春が広がる。

床の間の虚子の句。読めそうで読めない…。
右肩上がりでぽってりとした筆遣いがやさしい。

虚子は亡くなるまでの五十年間、由比ヶ浜《ゆいはま》に住んでいた。

由比ヶ浜大通りから脇道にそれ、車が通り抜けできない路地に入る。いまも虚子が暮らしていたころの気配《けはい》が残る一画だ。

住居跡に句碑《くひ》が建てられている。江ノ電の線路わきにあって、見落としそうな小さな碑だ。

波音の　由井ヶ濱から　初電車

虚子の家は由比ヶ浜駅のすぐそばだ。

元日の朝、初電車が近づいてくる音を、あらたな気持ちで聞いている虚子。いつもより静かで波の音も聞こえたのかもしれない。神妙な心持ちとめでたさと。こちらまで清々《すがすが》しい気持ちになる。

由比ヶ浜に住んでいて、甘いものが好き、とくに桜餅には目がなかったという虚子だから、おみやげだけでなく家族が買ったり自分でもお店に行ったりしたのではないかしら。

句碑。虚子の家は虚子庵と呼ばれ、しばしば句会が開かれていたという。

人通りの少ない路地。江ノ電が句碑をかすめるように走り抜ける。

近くには老舗《しにせ》の和菓子屋が何軒かある。「花見煎餅《せんべい》吾妻屋」か、どら焼きがおいしい「するがや」、それとも数年前に閉めてしまった「桃太郎」か。足を伸ばして長谷寺《はせでら》近くの創業二百五十年以上という「恵比寿屋」かもしれない。私も桜餅が好きで鎌倉の何軒もの店で買っているので、あれこれ思い浮かべていた。

最近になって、思い違いをしていたことに気がついた。

虚子が桜餅の句を詠んだのは明治三十九年（一九〇六）。鎌倉に引っ越してきたのが明治四十三年。

なんと掛け軸の句は東京で暮らしているときにつくったものだった。

それに、私は白髪《しらが》交じりの虚子が桜餅を食べている姿を想像していたが、明治三十九年といえば、虚子は三十二歳。

ずいぶん若いころから好んでいたんですね。

虚子は桜餅の句を数多く詠んでいる。こちらのほうが知られているようだ。

三《み》つ食へば　葉三片《さんぺん》や　さくらもち

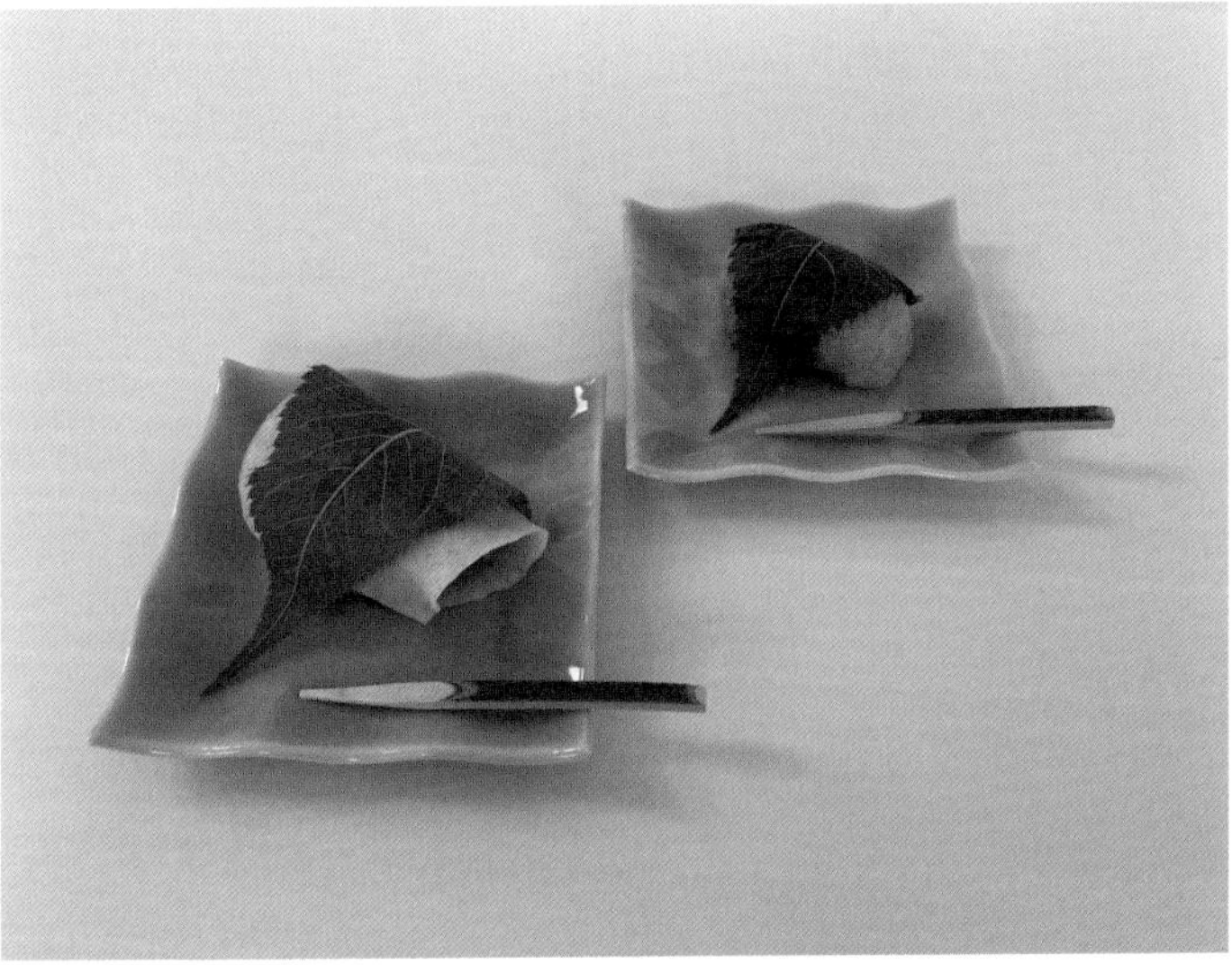

2種類の桜餅。関東風は薄いクレープ状の生地。関西風は道明寺粉の粒々したまんじゅう型。虚子が食べていたのは手前の関東風。

桜餅を三つ食べると葉っぱが三枚残る。

それは、そうでしょう。当たり前のことだ。

虚子は皿の上に残った葉っぱを眺め、「うーん、満足、三つ食べたぞ」とお腹をさすったのか。「おや、気づいたら三つも食べてしまっていた」と自分でもあきれたのか。

どちらにしても、一度に三つとは…。相当好きだったことはたしかだ。

さて、もうひとつ気づくことが。

虚子は桜の葉っぱを食べずに残すほうだった。

これは意見が割れるところだ。餅と一緒に葉を食べるか、葉を剥《む》いて餅だけ食べるか。私は昔から一緒に食べていたから疑問をもったこともなかった。ほんのり塩味の桜の葉は、桜餅の甘さを引き立ててくれる。

でも、けっして食べない人も多いと聞く。

「葉っぱを食べるなんてとんでもない、毛虫じゃないんだから」

葉は、餅を指で直接触らないために巻いてあるのだそうだ。なるほど、包み紙の代わり。一理あるが、思い切って塩漬けの葉の春らしい風味をためしてほしい。

虚子の桜餅の句を探せば、もしかしたら、葉っぱも食べたという句があるのでは？　ありそうな気がする。

桜餅ひとつ、毎年思いを巡らせながら味わっている。

メジロ

冬のあいだだけ、小鳥のためにエサ台をつるしている。窓のそばの藤棚がちょうどいい場所で、リビングから眺めることができる。

朝、ひと握りのビーナッツをひまわりの形の網籠《あみかご》に入れる。ときどき半分に切ったミカンも置いておく。

枯れ木の山は食べ物が少ないから、少しだけ私たちのおやつをお裾《すそ》分《わ》けしているのです。

というのは言い訳で、我が家に遊びに来てほしいから。緑が少なく、寒々とした庭に小さな生き物が来るのは大歓迎だ。

待ってました、と毎朝かよってくるのはシジュウカラだ。スズメよりスリムで、白黒はっきり模様が分かれている。ツピー！　ツピー！　と甲高《かんだか》い声で鳴き、い

英語名はホワイトアイ。「目白押し」という言葉はたくさんのメジロが枝にびっしり止まっているようすが語源だそうだ。いちど見てみたい。

つもせわしない。エサ台の網にしがみついてチョチョッとピーナツをついばんでは、すぐに飛んでいく。

ピーナツをやり忘れると、目の前の電線に止まり、窓に向かってヅビッ、ビビーッ、と大声で催促する。気のせいかもしれないが、こちらは、ああゴメンゴメンとエサ台にピーナツを持っていく。

シジュウカラが地面に落とすピーナツのクズをスズメがついばんでいるので、小皿に少しだけ古米《こまい》を入れておいた。最初、二、三羽食べにきていたのが、倍々に増えて数日で二、三十羽が群がるようになった。スズメの口コミは、広まるのが早い。この調子で増えつづけていったら恐い。地面がフンだらけになるのでやめにした。

かわいいのは、メジロだ。スズメよりひとまわり小さくてコロンと丸い。薄緑《うすみどり》の体に目の周りが真っ白の愛嬌者《あいきようもの》だ。一羽見かけると必ず近くにもう一羽いる。いつもつがいでお出ましだ。

メジロが好きなのは果物で、ミカンがお気に入り。小さなくちばしでほんのちょっと果肉をつついては、キョロキョロ周りを見渡し、またつつく。メジロは食べ方がきれいでお行儀《ぎようぎ》がいい。つがいの一羽は見張り役だろうか、いつも近くの枝《えだ》で待っている。順番に食事をするようで、小首をかしげて見守っているようすが愛らしい。

そこにヒヨドリが現れると、事態は一変する。灰色のヒヨドリはメジロの何倍も大きい。気配を察してメジロが飛び立つと、ヒヨドリはどっかりとミカンに陣取って、ガツガツ食べはじめる。二羽のメジロは離れた木の枝から心配そうにうかがっている。私もリビングでハラハラしながら眺める。全部食べないでよ、メジロのぶんを残しておいてよ。でも、願いもむなしく、ヒヨドリは悠々《ゆうゆう》と果肉を食べ尽くし、皮だけになったミカンをくちばしで放り投げて去っていく。まったく傍若無人《ぼうじゃくぶじん》な乱暴者だ。

そういうとき、うちでは「ヒヨのやつ」と呼んでいる。

「あ、ヒヨのやつが来た！」「やだ、メジちゃん、また食べられないじゃない」

ヒヨドリは完全に悪役で、メジロはアイドルだ。でも、アイドルを贔屓《ひいき》するわけにいかないのが辛《つら》いところ。強い者が勝つ。自然界の掟《おきて》に従わなくてはならない。ヒヨドリを追い立てたい気持ちを抑えて、がまん、がまん、だ。

暖かくなって緑が芽吹《めぶ》きはじめると、エサ台の役目はおしまい。でも、シジュウカラもメジロも引きつづき遊びにきてくれる。花の蜜《みつ》や、木の枝にいる虫を食べているのだろうか。あちこち飛び回ってはつついている。一年じゅう鳥のかわいい姿と鳴き声のなかで暮らせるのは幸せだ。

ときどき植木屋さんに来てもらっている。日ごろは夫が手入れをしているが、松の剪定《せんてい》や大きな木は素人《しろうと》の手に負えない。迷いなく枝葉を切っていく職人さんの仕事ぶりは見ていて気持ちがいい。

「あのう、どうしましょうか」

植木屋さんが困り顔で玄関に立っていた。

長いはしごをヤマボウシの木に立てかけたままだ。

「上のほうにメジロの巣《す》があるんです。ヒナがいるんですけど」

まったく気づかなかった。まあ天敵から簡単に見つかるような場所に巣をつくるはずがない。

どうしましょうかって、それはもう、どうするもこうするも決まっている。

「もちろん、そのままにしてください！」

ヤマボウシの木。春に白い花を咲かせ９月には実が赤く熟す。甘い実は鳥も私も大好物。真っ赤に熟れるのを待っていると鳥に先を越されてしまう。

植木屋さんは、巣のあたりだけ葉を密にして、ほかはさっぱりと刈り込んだ。もしゃもしゃと暑苦しかったヤマボウシは風通しが良くなり、木漏れ日《こもれび》がきれいに射《さ》すようになった。

メジロには申し訳ないことをした。びっくりしただろう。家の回りをいきなりブルドーザーが荒らし回ったようなものだ。

子育てを放棄しないといいけれど。下からは巣を確認できないが、木のそばを通るときは音を立てないように気をつけた。

つぎの日、二階の窓から葉の陰に巣が見えることに気がついた。五、六センチほどの巾着型《きんちゃくがた》の袋が枝にぶら下がっている。親鳥が一羽いつも巣を守っているようだが、ヒナは見えない。

見守るには最高の位置だ。窓を開けずにそっと観察して、もしカラスがやってきたら追い払う。この際、自然界の掟なんて言ってられない。なんとか巣立ちまで見届けてやらねば。

朝に夕にメジロ観察がはじまった。親鳥がヤマボウシに戻ってくると、ヒナが巣から顔を出すようになった。まだ羽は生えていない。口を開けて懸命にエサをねだっている。三羽か四羽？　もっといるかもしれない。順調に大きくなっているらしく、小さな巣の中でひしめき合っている。親鳥はひっきりなしにエサを運んで大忙しだ。

一週間ほど経《た》った朝のこと。ン、何か違う…、と気がついた。いつもは愛らしい動きの親メジロが、緊張したようすで小刻みに枝を飛び回っている。鳴き声も切羽《せっぱ》詰《つ》まった感じだ。

もしかして、今日？　いよいよ巣立ちか？

巣から顔を出した一羽の子メジロがよろっと枝につかまった。羽も生えそろい、もう親と同じくらいの大きさだ。不安そうに周りを見ている。

二羽の親メジロはしきりに鳴いて、ちょっと離れた枝に飛んではまた戻ってくる。

「さ、飛んで、お母さんの真似《まね》をして、こっちにおいで」

そう言っているようだ。

子メジロは、なかなか飛べない。その間に、巣からは二羽目、三羽目の子メジロが出てきた。

最初の一羽が勇気を出してジャンプ！　小さな翼《つばさ》を懸命に動かし、親メジロの後を追って飛んでいった。つづいて、二羽目も。三羽目も。道を隔てたお向かいさん

子育て中、巣を守る親鳥。ほんの少しの気配にも緊張するのがわかる。
静かに、そっと…。

の広い庭へまっしぐら。

最後の一羽は、体がいちばん小さいようだ。枝につかまって身がすくんだままだ。戻ってきた親メジロは必死の声がけだ。ヂヂヂヂッ！　あのおっとりした可愛いメジロとは思えない声と機敏な動きで、末っ子を促している。

窓に顔を貼《は》り付《つ》けるように見ている私も力が入る。カラスやトンビに見つからないうちに、早く！　頑張って！

そうして、最後の一羽が勇気を出して、飛び立った。

思わず拍手。

鳥の巣立ちはテレビ番組で何度も見ている。でも、目の前で繰り広げられた光景は、その何十倍も胸が熱くなるものだった。

ありがとう。巣立ちを見せてくれるなんて、こんなにドキドキさせてくれるなんて。不思議なくらい感謝していた。


秋が深まり、色づいたヤマボウシの葉がすっかり落ちた。丸坊主になった木に、子どものソックスくらいの袋が風になびいている。空っぽのメジロの巣だ。ボロボロになりながらも、しばらく枝にくっついたままだった。

丈夫な家をつくったんだなあと感心する。

巣立ったヒナたちは生まれた家を覚《おぼ》えているものだろうか。

大人になったら、つがいで戻っておいで。こちらは、ミカンを用意してお待ちしています。

薪能

偶然に、でも導かれるように薪能《たきぎのう》を観ることになった。

十年以上前、近くに行ったついでに靖国《やすくに》神社で花見をした。肌寒い夜で、まだ満開にはほど遠いが枝ぶりの立派な桜を楽しめた。

あちこち眺めながら散策していたら、壁《かべ》で仕切ったようなところに行き当たった。

「まだ席がありますよ。いかがですか」

壁の前に立っていた若い男の人に声をかけられた。

「何かやっているんですか？」

と尋ねたが、間抜けな質問だっただろう。靖国神社の能楽堂で催される「夜桜能」は、毎年桜が満開のころに行われる薪能だ。前売り券は人気が高く、遠くから訪れる人も多いという。

それはあとで調べてわかったこと。私の薪能体験は、なんの知識も先入観もなく

靖国神社能楽堂。靖国神社には500本の桜が植えられている。

はじまった。

ライトアップされた桜と能舞台は、それだけで美しい。かがり火の、火《ひ》の粉《こ》の飛ぶパチッという音にもときめいた。

私の席は桜の木のそばのパイプ椅子《いす》だった。

演目は「松風」。もらったばかりのパンフレットであらすじを読んだが、舞台がはじまると、音と色と流れるような動きに、何も考えられず身をゆだねていた。

かつての恋人を思い、幽霊となった姉妹が舞うのだが、しだいに狂乱の舞になる…。

かがり火が妖《あや》しげに揺れ、桜の花び

能「松風」

らが時折舞い降りてきて、不思議な感覚に陥った。

桜は、昼間は華やかでやさしいが、夜になると怨念《おんねん》が宿ったように見えて恐くなることがある。「松風」の女人《にょにん》の情念が靖国神社の桜に乗り移るのでは、と背中がゾクッとした。

わけもわからず心が動かされた。あんなに寒くなかったらもっと集中できたと思う。四月はじめの夜は冷え込んで、ちょっと花見のつもりで軽装だった私は震えていた。ほかの観客たちはダウンやオーバー、手袋に膝掛け持参と万全の態勢だ。

はじめての鑑賞ですっかり薪能のファンになった私は、つぎは厚着するべし、と学習した。

身曾岐神社の能楽殿。舞台で神前結婚式やライブが行われることもある。

それまでは気にしていなかったが、知り合いには能楽が好きという人がけっこういた。能の話になると、どこどこの能舞台は行きましたか？　あそこはいいですよ、と教えてくれる。おかげで能を観る機会が増えた。

そんな知人のひとりに誘われて、山梨県の小淵沢《こぶちざわ》に行った。八月に身曾岐《みそぎ》神社で行われる八ヶ岳薪能をいちど見たほうがいいと勧められたのだ。

池の水に浮かぶように建つ能楽殿は堂々とした建築だ。正面の芝生には白い椅子が千三百も並んでいる。舞台の向こうの山

能「紅葉狩」

並みは青く、八ヶ岳山麓を渡る爽快な風が吹く。開放感あふれる野外劇場だ。

　真夏の夕暮れは長い。なかなか日は暮れず、カラスやヒグラシの声を聞き、団扇《うちわ》で涼をとりながら開演を待った。薪能はこういう時間も堅苦しさがなくて自然体でいられる。

　演目は「紅葉狩《もみじがり》」だった。武将をもてなした美しい女人たちがじつは恐ろしい鬼で、いっせいに襲ってくるという物語。大人数の華麗な衣装と派手な動きで、能の初心者である私にもわかりやすい。舞台のようすが池の水に映《うつ》って揺らぎ、荘《そう》厳《ごん》な夢を見ているようだった。

　薪能は、舞台のある場所や季節によって趣《おもむき》がずいぶん違ってくる。

鎌倉宮鳥居

鎌倉では毎年秋に行われている。会場になるのは山に抱かれた鎌倉宮《かまくらぐう》だ。

ふだんの鎌倉宮は、大鳥居をくぐると境内が広々としていて気持ちがいい。早春は河津桜《かわづざくら》、梅雨どきの紫陽花《あじさい》、秋の紅葉も見事で、四季折々の花が楽しめる。

私はときどき訪れて「盃割り《はいわ》舎《しゃ》」で厄落としをする。陶器の盃に息を吹きかけ、自分についた悪いものを盃に移して足元の石に投げつける。いい音がして割れると

鎌倉宮のお守り「獅子頭」

盃割り舎

気分すっきり、ストレス発散になる。奥に進むと拝殿。参拝者はここでお参りする。その先に神明造《しんめいづくり》の本殿があるが、立ち入ることはできない。

本殿の裏手には、大塔宮護良親王《おおとうのみやもりよし》が幽閉されたと伝えられる土牢《つちろう》がある。護良親王は後醍醐《ごだいご》天皇の皇子で、二十八歳で非業《ひごう》の最期を遂げた。鎌倉宮は明治二年（一八六九）に護良親王を祀《まつ》って建てられた神社だ。

十月の薪能の日は、鎌倉宮が別の空気に包まれる。舞台と観客席が設置され、「鎌倉薪能」と書かれたたくさんの提灯《ちょうちん》が気分を盛り上げている。休憩時間のお楽しみ、鎌倉の老舗《しにせ》「御代川《みよかわ》」や「鉢の木」の幕の内弁当を買い、いそいそと席に向かう人たち。境内は緊張感をたたえながら華やいでいる。

鎌倉薪能のパンフレット。

能舞台はシンプルだ。何もない空間につくられた四角い舞台だけ。屋根も松を描いた鏡板《かがみいた》もない。舞台の四隅には高い竹が配され、その回りに注連縄《しめなわ》が張られて結界となる。客席に座ると、舞台の先に二ノ鳥居と拝殿が見えて、自然に厳《おごそ》かな気持ちになってくる。

能「船弁慶」

はじめて鎌倉薪能を観たときの演目は「船弁慶《ふなべんけい》」だった。

「船弁慶」は、源義経が舟で西国に向かう途中、平家の亡霊《ぼうれい》に襲われるが、弁慶の祈りの力で亡霊は退散するという物語だ。

三日月が雲に見え隠れするなか、ときどきキーンと動物の声が聞こえたり、戦いの場面で突風が吹いたりする。舞台の四隅の竹が風で大きくしなうと注連縄も揺れて、ゆらり、結界との境界線が曖昧《あいまい》になる。

そういうとき、何かの気配を感じる…。

護良親王が観にいらっしゃったのか、それとも鎌倉に何百年も潜《ひそ》んでいる霊が平家の亡霊に誘われて出てきたのか。

そう感じるのは、やはり鎌倉という土地のせいだろう。

能の演目には亡霊や鬼がよく登場する。恨みや怒り、悲しみ、はかなさも、どう

鎌倉宮の鎌倉薪能

しようもない感情をかかえてこの世に現れる。

もしかしたら、いまも鎌倉にとどまっている多くの魂が、霊となって木の陰からそっと眺めているのでは…。この世とあの世が溶け合う舞台を観ていると、そう思いたくなってくる。

舞台が終わるころには気温がすいぶん下がっていた。山は冷える。私は紬《つむぎ》の着物にコートを羽織っていたが、着物は便利だ。中にたくさん着込み、使い捨てカイロを忍ばせても目立たない。準備万端、寒さに気をそがれることなく優美な夜を過ごすことができた。

鎌倉宮は明日にはまた静かな日常に戻る。私も一夜の夢のあと、いつもの日常に戻っていく。

ひょうちゃん

海のそばに住む人は、浜辺で何かしら拾うのがあたりまえ。

そう言うのは、新潟の柏崎《かしわざき》で生まれ育った夫だ。子どものころから浜辺に行くたびに貝殻や石を拾っていたという。

だから鎌倉の浜を一緒に散歩しても、お宝を見つけるのが早い。私が気づかないうちに珍しい珊瑚《さんご》や古い青磁《せいじ》のかけらを手にしている。

私はというと、砂に描かれた相合い傘を見ては、ここで肩を寄せ合っていたんだなあと想像したり、渦《うず》を巻くように足跡を残すヤドカリに感心したり、気が散るほうなので収穫は少ない。

海岸に打ち上げられた漂着物を拾い集めるビーチコーミングが好きという人はたくさんいる。流木や貝殻、陶器の破片、波で磨かれて半透明になったガラス片。自分のお気に入りのものを拾いにやってくる。浜辺で前屈《まえかが》みに歩いている人、しゃが

2枚つながったサクラ貝はとても貴重。

んでジッとしている人は、たいていビーチコーミングの真っ最中だ。

初心者や観光客に人気があるのは、サクラ貝だ。小さな二枚貝で透き通ったピンク色が愛らしい。

「昔は浜がピンクに染まるほど打ち上げられたのよ」

と鎌倉生まれの人が言っていた。めっきり少なくなって簡単に拾えなくなっているそうだ。

夫はいっときサクラ貝に凝《こ》っていて、大きなガラス瓶《びん》にいっぱい集めた。リビングの窓辺に置いてあるが、朝、光が差すと天然の桜色が息をするように鮮やかになる。

私もきれいなサクラ貝が一枚欲しくなった。

鎌倉にサクラ貝専門のアクセサリー店がある。ピアスやネックレスなどを売っていて、拾ったサクラ貝を持ち込んでもつくってくれる。

私だけのネックレスをつくってもらおう。一念発起、それまでになく真剣に波打ち際を探した。サクラ貝は薄く割れやすい。完璧な形で鮮やかな色の貝殻はそうは見つからないが、何枚か拾うことができた。

甘くない大人の色合い、サーモンピンクの一枚を選び、「リノ・ドロップス」でネックレスにしてもらった。樹脂コーティングでピンク色をそのまま閉じ込めたサクラ貝。白いシャツの襟元《えりもと》にのぞかせると、波の音が聞こえてくるようだ。

海の漂着物はロマンがいっぱいだ。集めたものを飾って水平線の向こうに思いをめぐらせるのもいいし、日常で使うのも楽しい。

とりあえずの瓶のまま、早９年。

ある日、海辺に出かけていた夫が「すごいものを拾っちゃったよ」と帰ってきた。ほら、と広げた手のひらには、小さなひょうたんが乗っていた。白っぽくて五センチくらい。垂れ目の顔と、筆を持つ片手が描かれている。

へえ、なんだろう。おもしろいねえ。

私たちは、それが崎陽軒《きようけん》のシウマイ弁当に入っていたしょう油入れと知らなかった。

「いやあ、海のなかでよく割れずにいたなあ。これはきっと鎌倉時代のもので、薬か何かを入れて持ち歩いたんだよ」

いつものように波打ち際を歩いていたら、波がザーッと引いて、砂からひょうたんの顔だけ出ていたのだそうだ。小さいのにすごく迫力ある顔で、

「瞬間、僕と目が合ってさ」

つぎの波が寄せてくる前にあわてて拾ったというわけだ。

波をかぶったらもうわからなくなるから、そのときに拾わないと二度と出会えない。

きっと何か縁があったのだろう。砂から出ていた部分が裏側だったら気づかなかったはずだ。

砂を落としてきれいに洗ったひょうたんは、大きな傷もなく絵も鮮明に残っている。

キミはどこから来たんだろうねえ。

私は内心、顔がマンガみたいだけど、鎌倉時代？　と疑っていたが、ひょうたん

は我が家の拾い物コレクションに加わった。

ひょうたんが何者か判明したのは、それから一年以上経ってからだった。横浜の桜木町駅の構内で、地元の商品を展示してあるコーナーが設置されていた。ガラスケースの中に、なんとそっくりな仲間を発見。顔の表情は違うが、描き方は同じだ。ひとつはムッとして両手を組み、もうひとつはニッコリしてお腹のあたりを触っている。

説明書きには、「ひょうちゃんのしょう油入れ」。

私たちは大笑い。

「しょう油入れかあ」

「鎌倉時代じゃなかったねえ」

横浜名物の崎陽軒のシウマイ（シュウマイではない）は、横浜を中心に神奈川県では知らない人がいないくらい有名だ。私はずいぶん前にお弁当を食べたことはあるが、ひょうたん型のしょう油入れは記憶にない。

「ひょうちゃん」が入っているのは「昔ながらのシウマイ弁当」と「特製シウマイ」だけなのだそうだ。

うちの「ひょうちゃん」

桜木町駅で発見した仲間たち。

「ひょうちゃん」が生まれたのは昭和三十年（一九五五）。「フクちゃん」の作者、漫画家の横山隆一《よこやまりゅういち》さんがひょうたん型のしょう油入れに四十八種類の顔を描いた。表情も手に持つ物も違っている。釣りをするひょうちゃん、コマで遊ぶひょうちゃん、犬を散歩させるひょうちゃん。みんな元気いっぱいだ。

昭和六十三年（一九八八）まで製造されて、形の違う二代目にバトンタッチ。いまお弁当に入っているのは三代目だ。懐かしの「初代ひょうちゃん」は、いまも愛され、コレクションしている人が大勢いるという。

ということは、うちの「ひょうちゃん」は、つくられてから三十五年は経っている。お弁当のしょう油入れとしては立派な骨董品《こっとうひん》だ。

やっと出生の秘密が明らかになった垂れ目の「ひょうちゃん」。しかし、どうして鎌倉の浜辺に流れ着いたのだろう。

「浜でシウマイ弁当を食べた人が海に投げ捨てたのかなあ」

「沖に停泊する船から転《ころ》げ落ちたのかもしれないね」

私たちはあれこれ推理したが、それは謎のまま。とにかく、長い年月漂流してふたたび陸に戻ってきた強運な「ひょうちゃん」だ。

垂れ目の「ひょうちゃん」は、いま、硯箱《すずりばこ》の中に収まっている。小筆用の硯にピッタリサイズ。筆を持っているのだからこの場所しかない。

波乱の旅を終えたしょう油入れは、水差しという新しい役割を担《にな》っている。

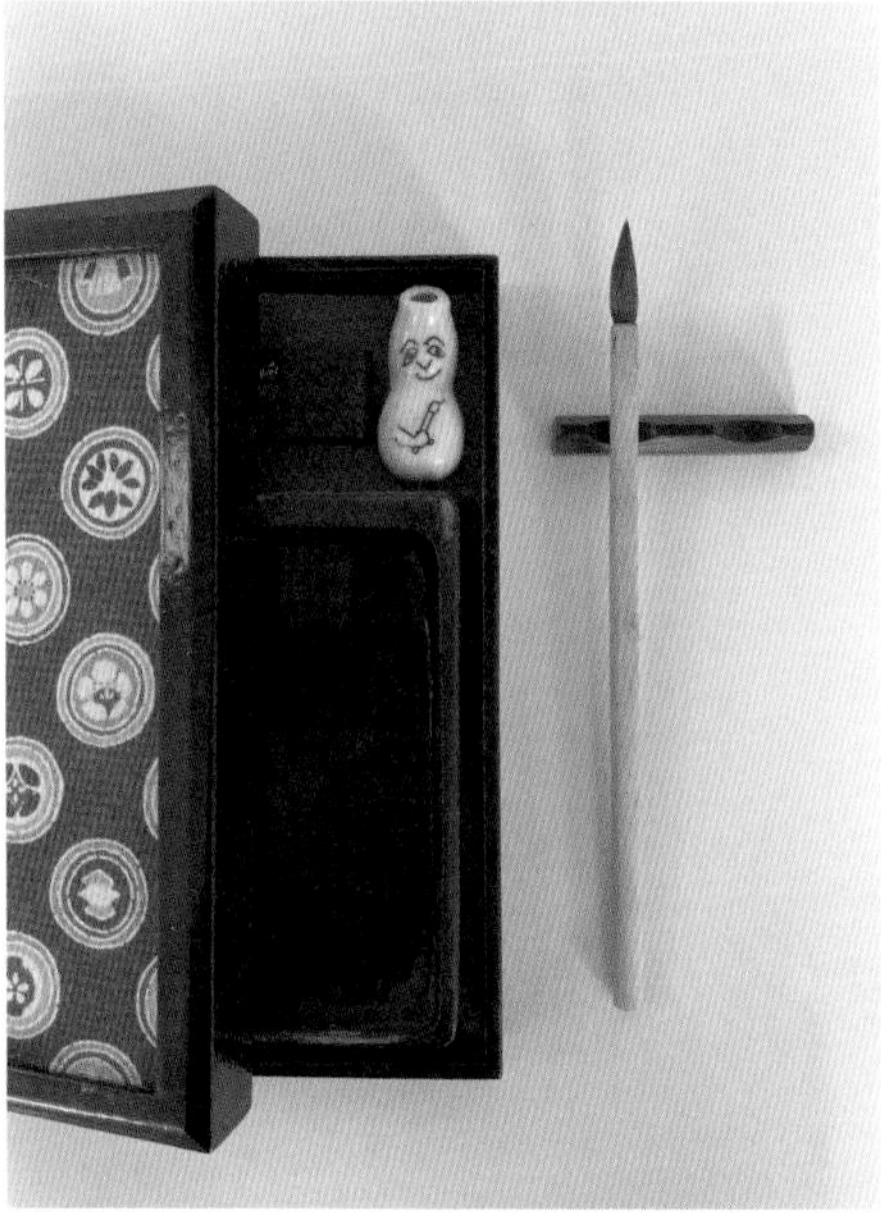

硯箱の中の「ひょうちゃん」

第2章　空と海の青い夏

線路沿いの紫陽花と江ノ電

波乗り

サーフィンはしないんですか？　とよく聞かれる。サーフィンが好きで湘南に引っ越してくる人はたくさんいる。

マリンスポーツとは無縁でサーフィンに憧《あこが》れてもいなかったが、鎌倉に住むことが決まってから心が動きはじめた。サーフィンと共にある暮らしもいいな、と。早朝にひと泳ぎならぬ、ひとサーフィンしてシャワーを浴びてから朝食をとる。海の町で潮の香りがする暮らし。イメージがふくらんだ。ガレージにサーフボードを置けるようにし、既成品では合わないのでウェットスーツをオーダーし、意欲満々だった。

しかし、悲しいかな湘南の海に入ることなく、サーフィンは断念した。

鎌倉の暮らしがはじまる前にハワイに行ったので、まずはウォーミングアップ。

七里ヶ浜のサーファーたち。

ボディボードを買って、海に出てみた。ボディボードはサーフボードよりずっと小さくて一メートルくらいだ。バタ足をする要領でボードをかかえ、腹ばいになったまま立たずに波に乗る。

ヤシの木の茂る砂浜、初心者向けのビーチは、観光客や地元の子どもたちがボードで遊んでいる。

私も海に浮かび、沖から来る波を待つ。ぐーっと波が引いて体が持ち上がったときにひょいと乗れば、そのままザザーッと波が運んでくれる、ということだった。

私はボードを両手でしっかり握り、後ろから近づく波を振り返っては、タイミングを見計らって、よいしょ、と体を浮かす。いえ、浮かしているつもり。むずかしいものですね。波は私を置き去りにしてさっさと行ってしまう。近くにいた子どもたちも笑顔で私を追い越していく。なかなかコツがつかめない。

波にぷかぷか浮いて十五分も経ったころだろうか、あれ、なんか気持ち悪い…。

私は波に酔っていた。

子どものころ、「私は町でいちばん車酔いをする」と思い込んでいたほど乗り物に弱かった。電車でもタクシーでも乗ったらすぐに酔ってしまう。停留所に止まっているバスのそばを通るだけでも、排気ガスのにおいで胃がムカムカした。

東京で電車通学をするようになってだんだん酔わないようになったが、一年目は途中の駅でホームに降り、ベンチで少し休んで乗り直したことが何度もあった。

もちろん船も苦手《にがて》。遊覧船はたとえ寒くてもデッキで風に吹かれてなんとかやり過ごし、小さなボートに乗るときは必ずオールを漕《こ》いだ。車の運転と同じで、自分で漕ぐと酔わないようだった。

いまも、テレビの釣り番組を見ていると気持ちが悪くなることがある。波が高いと、画面は海釣りの船と水平線がユゥラユゥラと揺れる。あれで目眩《めまい》がしてきてチャンネルを変える。


だけど、わずか一メートルにも満たないボードにも酔ってしまうとは、自分でも驚いた。これではサーフィンは無理というもの。

湘南の海を眺めていると、上手《うま》い人は何度も波を捉えて颯爽《さっそう》と波乗りしているが、サーフボードにつかまったままずっと海に浮かんでいる人たちも多い。だれも波に酔わないのだろうか。

波の動きに重心を合わせて。バランス感覚はいい方だ。

海はサーフィンだけじゃない。それでは、とサップに乗ってみた。サップとは、スタンド・アップ・パドル・ボード。大きなボードの上に立って、一本の長いパドルで漕いで進む。遠目には箒《ほうき》で海を掃除しているように見える。どことなく呑気《のんき》なスポーツだ。

波のない海面がキラキラ輝く日に、インストラクターに手ほどきを受けてサップに挑戦した。足の裏でバランスをとって転ばないように…。オールでグィーッと水面を漕ぐと滑るように進んで行く。これは楽しい。視線が高くて気持

ボードの上でヨガをするサップヨガやサップフィッシングなど、サップの楽しみ方が増えてきている。

ちいいし、自分で漕いでいるから気分が悪くならない。

インストラクターの話では、むかしハワイでサーフィンの大会を観戦する王族の人たちが乗っていたのがサップで、高貴な乗り物なんですよ、とのことだった。

それは素晴らしい！

また、ただ立っているだけのようだが腹筋を使うので、体幹が鍛えられウエストが引き締まりますよ、とのこと。

それも結構！

乗り物に酔う人には、さざ波に乗って遊ぶサップをお勧めしたい。

シラス

シラスを生で食べるなんて知らなかった。シラスに旬《しゅん》があることも知らなかった。たかがイワシの稚魚《ちぎょ》とあなどるなかれ。極小の魚は乾燥度で名前が変わり、味わいもまったく異なる優《すぐ》れものだ。生シラスに釜揚《かまあ》げシラス、シラス干しにちりめんじゃこ、タタミイワシも忘れてはならない。とくに生と釜揚げは日持ちがしないから遠くまで出回らない。シラスのおいしさを満喫できるのは産地に暮らす特権。ありがたいものである。

はじめて生シラス丼を食べたのは、海辺の食堂だったと思う。ご飯の上に青じそや卵の黄身とともに、たっぷりの生シラスが乗っかっていた。透き通った体に目とエラの部分が銀色にキラリと光っている。

醤油ダレをかけていただくと、口の中でねっとりまったり、ほのかな甘みと苦《にが》みが広がる。これは、美味。茹《ゆ》でたり干したりしたものとは別ものだった。

生シラスと釜ゆでシラス丼。その日によって、お店によって、シラスの大きさはマチマチ。大きくなりすぎると舌触りが悪くなる。

シラス漁は三月初旬からはじまり、十二月まで。冬のあいだは禁漁となる。春先にすぐ食べたいのだが、あまり獲《と》れないようで、旬は六月ころからだそうだ。

シラスが食べたいなあという日は、直売所に電話する。鎌倉にはシラス専門の小さな店が何軒もある。

「今日、生は入ってますか？」

「あー、獲れなかったんですよ。釜揚げは冷凍ならありますよ」

「じゃ、結構です。またお願いしますね」

というような会話をする。直売所の冷凍シラスなら充分おいしいが、やはりその日獲れた生や茹《ゆ》でたてを食べたい。スーパーの解凍ものしか知らなかった昔の私とは違う。舌が贅沢《ぜいたく》になっている。

ある朝、腰越《こしごえ》の直売所「勘浜丸《かんはままる》」に電話した。

「今日はたくさんありますよぉ」

大漁のとき、漁師の奥さんは元気な声だ。いつもは取り置きしてもらうのだが、まあ大丈夫だろうと、車で出かけた。

ところが店に到着すると、シラスがない。

「あらあ、いま、全部売れたところなのよ」

しまった。私が車をモタモタ駐車しているときに、中年のご夫婦が店に入っていった。あのふたりが最後のシラスを買ったのだ。

たかがシラス、また明日にでも、とは思う。でも今夜は釜揚げシラス丼、と決めていたものだからショックは大きい。どうしても食べたくなってきた。

すぐに車の中でほかの直売所に電話をかける。「三郎丸」「もんざ丸」「金子丸」「喜楽丸」「加藤丸」。一軒くらいは売っているだろうと高をくくっていたが、こんなときに限って、どの店もないという。

こうなったら少し離れていても、知らない店でも、とネットで調べて、片っ端から電話した。

七、八軒目で、やっと「ありますよ」とうれしい返事が。取り置きしてもらって、すぐに出発した。

向かうは「平敏丸《ひらとしまる》」というお店。カーナビで検索すると、なんと十九キロも離れている。所要時間は五十分だ。どうしよう。さすがにちょっと迷った。たかがシラスを買うために一時間かけて行くなんて馬鹿げている。でも、取り置きしてもらったから申し訳ないし…。

ということで、腰越から来た道を戻り、鎌倉を越え、逗子マリーナを横目に進み、

勘浜丸

喜楽丸

三郎丸

葉山の御用邸前を通り過ぎて、佐島《さじま》漁港まで。遠かった。

生シラスひとパック五百五十円。釜揚げシラスひとパック五百五十円。

生のシラスは氷水でさっと振り洗いし、ガラスの小鉢に盛る。小ネギを添えてショウガ醤油だ。釜揚げシラスは、もちろんシラス丼だ。

シラス丼も奥が深い。ご飯を寿司飯にするかしないか。ワサビかショウガかどちらを添えるか。シラスと一緒に乗せる具材もこだわりはじめたらきりがない。ネギ、茗荷《みょうが》、カイワレ、青じそ、刻み海苔《のり》、卵の黄身などなど。お店によっても違うし、各家庭によっても違う。

いろいろ試してみたが我が家の定番は、これ。炊きたてご飯をどんぶりにふわりとよそってちょっと待つ。ご飯が熱すぎるとシラスの風味が損《そこ》なわれてしまう。ほどよい加減で釜揚げシラスをたっぷり載せる。ご飯粒が見えないくらい惜しげなく、山盛りだ。そして、オリーブオイルをタラ~リ、タラ~リと、多めにかけて、できあがり。好みで白ごまをふる。このシンプルシラス丼が、今のところのお気に入りだ。シラスの塩分だけで充分旨みが引き立ってくれる。

ああ、なんておいしいのでしょう。

シラスを求め、家を出てから二時間の旅だった。でも、その価値あり。いつもよりさらに美味なる満足の一杯だった。

やっぱり、たかがシラスとは言わせない。

遊歩道

夏はあまり海辺に行かなくなった。とにかく暑い。年々気温が上がりつづけ、猛暑でも海で遊びたいという年齢はとうに超えている。

でも、海辺の雰囲気は好きだ。ビーチパラソル、スイカ、かき氷。やっぱりいまも心ときめく夏の海だ。

ビーチバッグを手に鎌倉駅に降り立つ親子連れを見かけると、つい微笑《ほほえ》んでしまう。さあ海だぞう、と張り切っている子どもたちは、いまも昔も同じ。ビーチサンダルですぐにでも走り出しそうだ。

子どものころは日本海でよく泳いだ。鯨波《くじらなみ》や寺泊《てらどまり》、出雲崎《いずもざき》の海水浴場は故郷の長岡から電車で一時間足らずだ。家族で何日か滞在することもあり、私も妹も真っ黒に日焼けして、背中の皮がピリピリむけた。

ひとしきり泳いで海から出ると、焼けた砂浜を走って海の家へ入る。砂だらけのゴザに簡単なテーブルが並んだだけの広い小屋だ。

父と母はもう団扇《うちわ》で仰ぎながら休んでいて、サザエの壺焼きなどを食べていたと思う。私は冷たいジュースを飲むのが楽しみだった。


最近の海の家はおしゃれな店が増えた。鎌倉の浜辺も若者向けの店が目を引く。ちょっとしたカフェのようなインテリアで、メニューもワインやカクテル、ピザにタイ料理、とバラエティに富んでいる。

以前は夕涼みがてら、ふらっと海に出かけた。陽が陰って、雲が薄黒く変わりはじめるころ。もう海水浴客はほとんどいなくて、地元の人たちが食事や一杯飲みにやってくる。

海の家も忙しかった日中が終わり、けだるい空気が漂っている。

テラスのプラスティック椅子《いす》に座って、カクテルを一杯。サンダル履きで家を出て、気軽にリゾート気分を味わえる。少しずつ夜の色になっていく空をボーッと眺めて、湿った潮風に吹かれる心地よさ。

思いがけず、遠くで花火が上がることもあった。四、五キロ離れた葉山町の花火大会の日だったらしい。

何十発も上がるスターマインは線香花火くらいの大きさで、音もポポッポ…ポン、とかわいらしい。

偶然に眺める遠くの花火、一杯のカクテル、波の音、いいなあ。

子ども時代や若いときとはまた違った夏の海との付き合いがある。


ここ数年は夜になっても気温が下がらず夕涼みはおあずけのままだが、八月もあと数日という午前中に、思い切って海に出かけることにした。海水浴場は八月いっぱいで終了する。「バリアフリービーチ」も終わるので、その前に母と一緒に行きたかったのだ。

「バリアフリービーチ」とは、車椅子や体の不自由な人たちにも海を楽しんでもらおうと、由比ヶ浜《ゆいがはま》海岸に板を敷いてつくった遊歩道だ。車椅子で砂浜を移動でき、そのまま海の家や公衆トイレに行くことができる。

母は、家の中では杖《つえ》で歩いているが、外出のときは車椅子を使う。海の近くまで散歩をすることはあっても、いつも道路わきの高い場所から眺めていた。

遊歩道があれば波打ち際まで行ける。

夏の海水浴場

車椅子で海沿いの道からコンクリートのスロープを降りて、砂浜に出る。いつもはここでストップするしかないが、足元から板張りの通路がずっとつづいていた。それぞれの海の家を結ぶ遊歩道は八百メートルあるという。ただ砂の上に板を並べただけではない。砂浜に杭《くい》を打ち、その上に材木屋から格安で譲ってもらった板を設置したのだそうだ。鎌倉にはこれだけのことを実現する人たちがいてくれる。ほんとうにありがたいことだ。

すべての人に海を楽しんでもらいたい。その願いのこもった遊歩道は、車椅子でもスムーズに進んだ。快適だ。

いやあ、来ることができた。砂浜だよ。

「波の音が大きいねえ」「近いから潮のにおいがするね」

母はあちこち見渡して深呼吸している。

どう、波打ち際まで杖で歩いて行く？　と誘うと、「うん…、今日はいい」と立ち上がろうとしない。海までたいした距離はない。少し前だったらよいしょ、と立ち上がったはずだ。でも、九十三歳になろうとしているのだから、これが普通、元気なほうだ。

板張りの遊歩道はまっすぐ海の家の入り口まで伸びていた。白い建物のカフェ風の店は、オープンしているものの椅子やテーブルは壁際に立てかけたまま。もう閉店モードのようだ。

海には子どもたちが三人、浮き輪でバシャバシャ泳いでいるだけ。空は入道雲の代わりにすじ雲が流れ、目の前をシオカラトンボが忙しく飛んで行く。

夏の終わり、だ。

私は車椅子の隣にしゃがんで、母と並んで海を眺めた。

「お母さん、子どものころ、鯨波《くじらなみ》とか、みんなで行ったよね。楽しかったよね」

「そうそう、浪花屋さんに泊まってね」

母もよく覚えていた。

「お父さんも海に入ったことがあったねえ」

「うん、写真に残ってるから覚えてる」

波打ち際で浮き輪につかまって笑っている私と妹。そのそばで麦わら帽子をかぶりステテコ姿の父が膝《ひざ》まで海に浸《つ》かっている。

父は七十一歳で亡くなった。体が丈夫ではなく一緒に遊んでもらった記憶はあまりないから、海の写真は貴重な一枚だ。

由比ヶ浜海岸はアジアで初の国際環境認証「ブルーフラッグ」を獲得。安全や環境保全をクリアしたビーチだ。バリアフリー化も基準のひとつ。

五十年以上も前の海の思い出を、ふたりでなつかしむ。砂浜まで来ることができてよかった。

来年の夏も、「バリアフリービーチ」から母とこの海を眺めよう。

海龍丸

朝早く一通のメールが届く。

おはようございます。海龍丸の岡野です。本日の水揚げです。少ないですが、
カサゴ　百グラム二百五十円　七匹のみ
イシモチ　百グラム百円　五匹のみ
一匹より配達いたします。よろしくお願いします。

よーし、今夜はカサゴの煮付けだ、と夕食のメニューを決め、いそいそと大きなホーローの洗面器を用意する。
知り合いの漁師さんが、漁に出て捕《と》ったばかりの魚を届けてくれる。朝泳いでいたカサゴが昼前には台所のまな板に乗っているのだから、とびきり新鮮だ。

お正月に海を散歩して見つけた岡野さんの海龍丸。舳先に飾った松がめでたい。

「海龍丸」でひとり漁に出ている岡野さんは、修行を三年、漁師になって五年。以前はサラリーマンを経てビーチクリーン（海岸清掃）で日本中を回り、ワーキングホリデーでオーストラリアに留学していた異色の経歴だ。

ワゴン車から長靴で降りてくる姿はいかにも漁師さん。細身で潮焼けした顔は精《せい》悍《かん》だ。

いつも魚を受け取るときに調理法や保存方法を教えてもらっているが、問題は、自分でさばかなければならないこと。

東京に住んでいたころは、たまにアジを三枚におろしたり、ヤリイカの刺身くらいはつくっていた。でも、ホウボウやナマコ、タチウオなんて触《さわ》ったことがなかった。

カサゴのトゲで指が傷だらけになるし、台所のシンクはうろこが飛び散って掃除が大変。慣れるまでは悪戦苦闘がつづいた。

平べったくておちょぼ口のカワハギは、灰色の固い鎧《よろい》を着ている。

岡野さん曰《いわ》く、

「包丁でエラのあたりから切り込みを入れて、そこをペンチで掴《つか》んでベリッと剥《は》が

カワハギを前に。

すと一気に皮がむけます」

え〜、ペンチ！　皮を剥ぐの〜？

最初は弱気な私だったが、おいしい魚を食べるため。いまはチャチャッとできるようになった。

寒い時期のカワハギは刺身にして、肝醤油《きもじょうゆ》で食べる。脂の乗った大きな肝を取り出すときは、傷つけないように、そお〜っと。

魚屋で刺身を選ぶときは気にならないが、澄んだ目の魚を前にすると、申し訳なくなる。できるだけ早く、きれいにさばいて、無駄なく食べなければ。それがせめてもの供養《くよう》。まことに身勝手な理屈だと重々承知だが、毎回真摯《しんし》な気持ちで包丁を握っている。


おかげで旬の魚を知って料理するようになった。

春はキス。塩焼きもいいが、やっぱり天ぷらだ。ふっくらと上品な香りで、いくつでもいただける。

夏はタコ。塩でよくもんでぬめりを取り（夫の担当）、鍋《なべ》に沸《わ》かしたお湯に足先から浸けていく。あらら、八本の足はクルクルッと外側に丸まって、おなじみの茹《ゆ》でダコの姿になる。まずは熱いうちにぶつ切りで噛《か》みしめる。秋はアオリイカ。すぐ食べたいのを我慢して、一日寝かすとさらに甘みが増す。ねっとり刺身がたまらない。冬はヒラメ。身が厚くてえんがわも脂が乗っている。刺身でも塩焼きでも煮付けでも、淡泊なのにとても濃厚！

茹で上がったタコ。

岡野さんは、ときどきおまけを洗面器に入れてくれる。手で握れるくらいの小さなサザエ三個とか、コノシロ（出世魚コハダの成長した魚。酢締めにすると美味）とか、売り物にはならないが、お勧めの海の幸だ。

「おまけですけど、ホラ貝、食べますか？」

ホラ貝

と聞かれたときは驚いた。ホラ貝は吹くもので、食べるものではないでしょう。

　ずしりと重いホラ貝は約二十センチ、山伏《やまぶし》がプォ〜ッと吹く、まさにアレだ。

「コリコリしていておいしいですよ」

と言うので、教えてもらったとおり鍋に少なめのお湯で茹でて冷《さ》めるまで置き、中身を取り出した。食べるのは貝の入り口付近の筋肉質な部分だけ。

　薄く切って刺身にしたら、サザエのようなアワビのような風味で、かなり歯ごたえがある。身近なところにまだまだはじめて食べるものがある。

　空になったホラ貝を洗って庭に出しておいたら、陽にさらされて表面が剥《む》け、いつの間にか白っぽいオブジェに変身した。形のいい巻き貝は、夏に窓辺に飾ると涼しげだ。

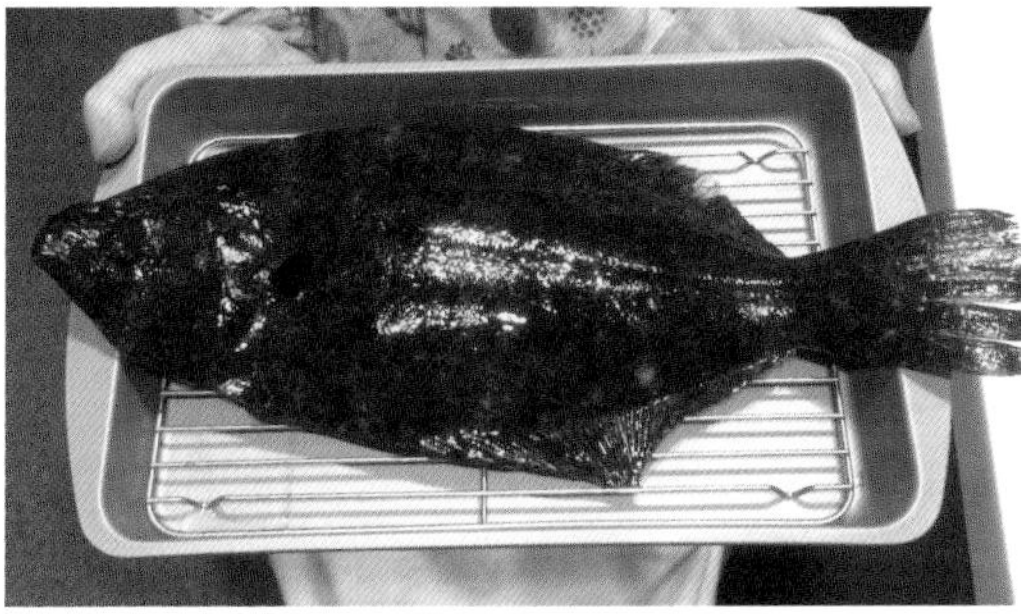

ヒラメ

岡野さんから魚を受け取るとき、いつもちょっと立ち話をする。

「今年は海水の温度が下がらなくて魚が捕れないんですよ」

「やっぱり。この夏も暑かったものねえ」

とか、

「海藻が減って鎌倉エビがいないんですよ」

「あら、鎌倉エビは海藻を食べてるの？」

少しばかり海の中のようすを知ることになる。

鎌倉エビは伊勢エビのことだが、地元の人たちは昔から鎌倉エビと呼んでいる。我が家では誕生日などお祝いの日に頼んで捕ってきてもらっている。料理は簡単、大きな蒸籠《せいろ》で蒸《む》すだけ。真っ赤

食卓の鎌倉エビ

に蒸し上がった鎌倉エビをレモン塩やワサビ醤油、タルタルソース、好きな味付けで豪快に食べる。

　その鎌倉エビが捕れなくなったら寂しい。陸から見る海に変化はなくても、海中は繊細で、潮の流れや少しの環境の変化で漁に影響するという。

「昔はアオヤギがザクザク捕れたんですけど、いまはまったく捕れない。二枚貝はシビアです」

「サザエはエサを求めて住みやすい場所に動くんですよ。一日三キロも移動するらしいです」

　私は玄関先で洗面器をかかえ、へえ、と感心して聞いている。

　年々海水温が上昇しているし、環境汚染の問題もある。漁師さんたちは海藻を食べるウニが増えすぎるので駆除《くじょ》したり、ハマグリの稚貝《ちがい》を海にまいて育てたり、海

クロムツとハマグリ

の将来のためにさまざまな取り組みをしているのだそうだ。

「海はナイーブ、森と同じです」

ニュースで知っているつもりでも、直《じか》に漁師さんから話を聞くと、海と海の生き物がいかにデリケートなものか実感し、しみじみしてくる。

とはいえ、朝メールが届くとテンションが上がる。

おはようございます。海龍丸の岡野です。昨晩、夜のクロムツ一本釣り漁に遠征してきました。少ないですが、

クロムツ中　百グラム当たり三百円（二匹のみ）
クロムツ大　百グラム当たり三百五十円（四匹のみ）
また、ハマグリの砂抜きが完了しました。
ハマグリ　百グラム当たり二百五十円。
一匹より配達いたします。よろしくお願いします。

おおー、クロムツとハマグリ。

クロムツは刺身にしよう。三枚におろして皮をバーナーで炙《あぶ》る。炎で脂が焦《こ》げるにおいがたまらない。大きなハマグリは吸い物に。鎌倉のハマグリは身がふっくらして食べ応《ごた》えあり。

貴重な海の幸を、ありがたくいただきます！

ヲンムマヒヤシバ

新しい土地に移り住むと、最初は地名に戸惑うことがよくあって、それも新鮮でときめくものだ。とくに歴史ある町は、昔の地名が残っているから読み方に味がある。

鎌倉では「谷」を「やつ」と読むことが多い。扇ケ谷《おうぎがやつ》、比企ケ谷《ひきがやつ》、笹目ケ谷、松葉ケ谷、亀ヶ谷坂《かめがやつざか》…。山にひだのような谷が複雑に入り組む地形なので、「谷」の付く地名はたくさんある。

何気ない会話のなかで「今日、おうぎがやつでね」と自然に口に出るようになって、ああ、鎌倉の住人になってきたなあ、とちょっと嬉しかった。

八幡宮からゆるやかに蛇行する金沢街道を進むと、二股に道が分かれる。交差点の名前は、「岐《わか》れ路《みち》」。なんだか好きだ。どうってことのないY字路なのに、どちらの道を選ぶかで運命が決まるような凄《すご》みを感じる。

「歌ノ橋」の碑

岐れ路

その「岐れ路」を右に行くと、「十二所」という地域に入る。「十二所」は「じゅうにしょ」ではなく、「じゅうにそ」。「そ」と言い切るところが潔《いさぎよ》い。

さらに山道を上ると山を切り開いてつくった「鎌倉霊園」が広がるが、その近くに「大刀洗《たちあらい》」がある。引っ越してきたころ、鎌倉駅のバスターミナルで「大刀洗行き」のバスを見かけて、どんなところに連れて行かれるのだろうと不安になった。

いわくありげな地名は、やはり生々しい歴史の現場だった。

源頼朝の命を受け、梶原景時《かじわらかげとき》が上総《かずさの》介広常《すけひろつね》を討ったあと、血のついた太刀を洗ったと伝えられる水場。一気に気

秋の獅子舞。鎌倉の秘境と言われている。名前の由来は、うずくまった獅子のような形の奇岩があちこちにあるから。

分は鎌倉時代だ。

そういう場所ってお化けが出たりしそうですけど…、と聞けば、「ああ、大刀洗ね、出るらしいですよ」と鎌倉の人たちはこともなげに言う。

「化粧坂」も「けしょうざか」だと華やいだ感じだが、「けわいざか」と読むと、急にあやしげな響きになる。

平家の武将の首に化粧をして首実検をした場所だとか、遊女がいたとか、諸説あるようだ。雨が降る夕方などは、すり減った石段が光って異次元に誘う坂道のように見えてくる。

いえ、おどろおどろしい地名ばかりではない。紅葉の名所「獅子舞《ししまい》」や「天園《てんえん》ハイキングコース」なんて聞いただけで楽しくなる名前もある。地名ではないが、鎌倉時代につくられた「歌ノ橋」や「底脱《そこぬけ》ノ井《い》」も、そのいわれに興味をそそられる。

東京で暮らしていて何度か引っ越したが、町名が「東《ひがし》」のときは味気なかった。書類に記入するときは早く書けるし、電話で住所を伝えるときも面倒がないから便利だ。でも記号みたいで土地のイメージが湧《わ》かない。「東」は以前「常磐《ときわ》松《まつ》町」という地名だった。見事な枝振りの松の老木があったことから名前がついたという。そのほうがよかったのに、とずっと思っていた。

鎌倉は古い地名がたくさんあって、しかも地名どおりの風景や空気感が残っている場所が多い。鎌倉の人たちにとっては当たり前なのだそうだが、大きな財産だ。

知り合いが市内で引っ越しをした。海の近くから山のそばへ。住所は「材木座」から「浄明寺《じょうみょうじ》」に変わった。

「材木座」は、鎌倉時代に材木が運ばれてくる港として栄えた浜の一帯で、「浄明寺」は山の中腹に建つ浄妙寺に由来する町だ。

お寺は「浄妙寺」と書くが、町名は「浄明寺」。ややこしい。鎌倉のお寺のなかでも格の高い鎌倉五山のひとつである浄妙寺。お寺の名前そのままではばかられるので、一字変えたのだと言われている。

浄明寺のあたりは史跡や文化財などの名所などが多い。足利公方屋敷跡《あしかがくぼうやしきあと》、竹林が美しい報国寺《ほうこくじ》。昭和四年に建築された洋館、旧華頂宮邸《きゅうかちょうのみやてい》。奈良時代に建てられた鎌倉で最古の寺、杉本寺《すぎもとでら》。観光客にも人気がある地域だ。

知り合いの新居は、通りから上り坂を入った静かな住宅地にあって、切り立った山の斜面を背にして建っていた。山を登ってずっと行くと、大江広元《おおえのひろもと》の墓と言われている五層塔《ごそうとう》があるというが、忙しくてまだ見に行っていないのだそうだ。

「知らなかったけど、すぐそばにもおもしろい場所があるのよ」

彼女に案内されて山に沿って歩いて行くと、岩肌に大きなふたつの洞窟が口を開けていた。

洞窟はだいぶ風化が進んでいて、木や草が覆いかぶさるように茂っている。

鎌倉時代、この洞窟には水が溜まっていて、源頼朝がかわいがっていた二頭の名馬が足を洗い、体を休めたという。歴史好きの方は馬の名前が「生食《いけずき》」と「磨墨《するすみ》」と聞けば、

「あの『平家物語』に登場する伝説の名馬がここで休んでいたのか！」

と感慨深いのだろうが、申し訳ない、私にはピンとこない。でも、二頭が『平家物語』のなかで大活躍しただけでなく、全国各地にさまざまな伝承が残り、生まれた場所もお墓も各地に存在し、銅像まで建っていると知ると、なるほど、伝説の名馬だと納得する。

それにしては、洞窟のあたりはひっそりとしている。江戸時代から明治にかけては観光名所だったらしいが、いまは看板もないし整備もされていない。

洞窟の名前は「御馬冷場」。

どう読むのか。「おんまひやしば」らしい。『新編鎌倉志』に「ヲンムマヒヤシバ」

御馬冷場。鎌倉時代の地面はずっと低かったはず。洞窟は土砂の堆積でだいぶ埋まっているようだ。

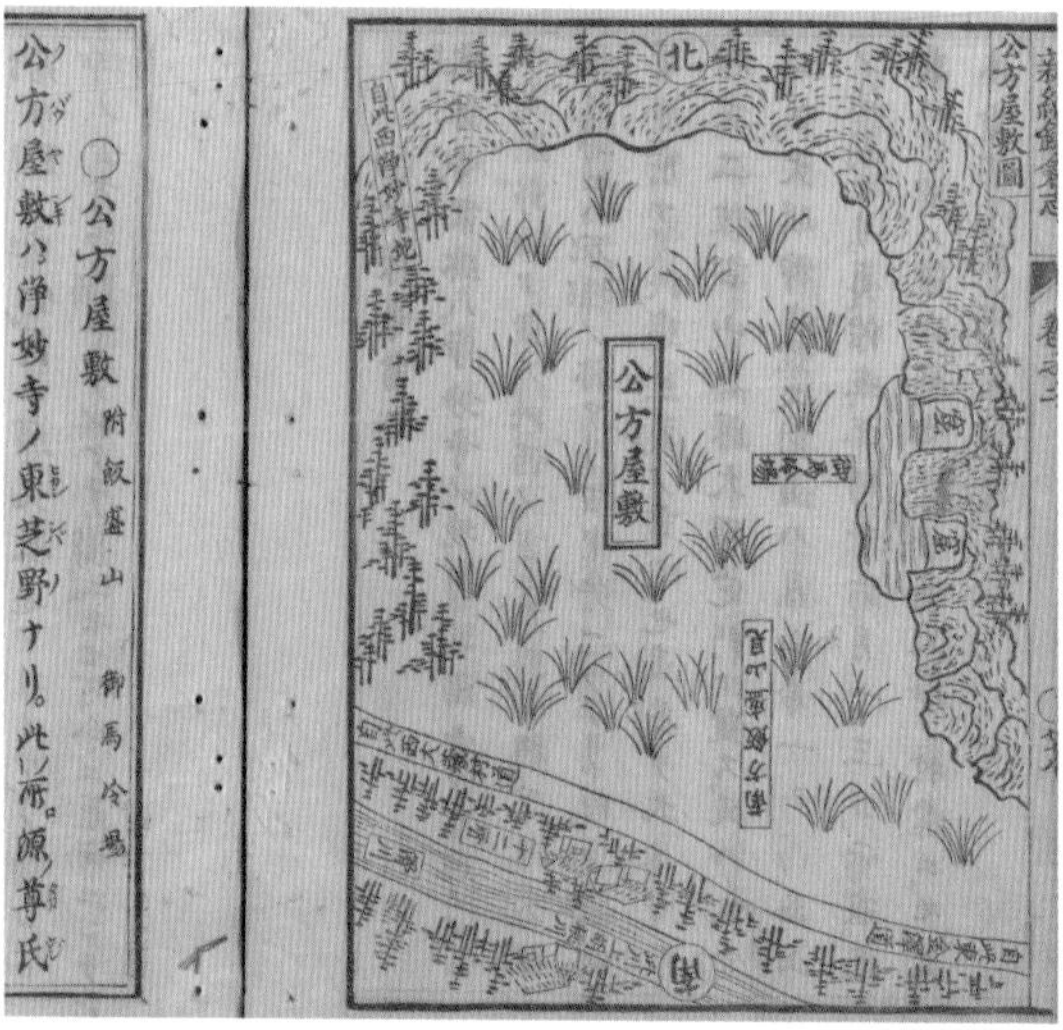

「新編鎌倉志」。1685年に水戸藩主の徳川光圀が命じてつくらせた地誌。鎌倉や江の島など名所旧跡を解説している。絵図の東側にふたつの窟がある。

とある。

穴の中は雑草で埋まっていて、水が溜まっていたという地面がどうなっているかわからない。絵図によると、ふたつの洞窟は外まで水をたたえていて池のようにも見える。

「生食」は栗毛、「磨墨」は黒毛だったという。勇ましく走った美しい二頭の馬が、ほの暗い洞窟でジッとたたずむ姿はきれいだろうなあ。

鎌倉にはロマンに満ちた伝説が、人の住む隣でさりげなく息づいている。

花火

どこにいても、八月の花火大会の日はそわそわする。夜の七時半。そろそろはじまったかな。あのドーンッとお腹に響く音がなつかしくなる。この気持ち、長岡出身の人はみんなわかると思う。

信濃川《しなのがわ》の広大な河川敷《かせんしき》で打ち上げられる大型花火はスケールが違う。名物の三尺玉も迫力があって、子どものころから「日本一の花火大会」と自慢だった。

長岡花火は慰霊と復興の花火として知られている。

終戦の年、八月一日の大空襲で町の八割が焼け、大勢の人が亡くなった。町の復興を願ってはじまった長岡まつり。人びとは毎年夏の夜空を見上げて、戦争の犠牲になった人たちを弔《とむら》ってきた。

昔はあまり外に向かって慰霊とは言ってなかったように思う。戦争が終わって十五年や二十年で辛い経験は過去にはならず、ひとりひとりの胸の中で静かに祈りながら空を見上げていたような気がする。

戦争のことを知らない幼かった私は、花火大会の日は朝からはしゃいで、浴衣《ゆかた》を着せてもらったりすると嬉しくて、暗くなるのが待ち遠しかった。

そのころは高いビルがなかったので、家の外に出れば花火が見えた。河川敷に行くと、まるで浴びるように大輪の花が降ってきた。歓声を上げ、拍手をし、鮮《あざ》やかな色にみとれていた。

でも、パッと開いた花火が消えて空が真っ黒になる瞬間、なんとも言えない寂しいような気持ちになったのも覚えている。

華やかで賑《にぎ》やかなのに、胸が締め付けられるような思いになる。子どものころから長岡の花火はそうだった。


長岡を離れてからも、何度も花火大会を見に帰省した。中越大地震の復興を祈願した「フェニックス（不死鳥）」や長岡花火を題材にした映画「この空の花」など、音楽に合わせて打ち上げる豪華な花火が増え、訪れる人は百万人にもなるという。長岡の花火を見て平和を祈ってくれる人が大勢いるのはありがたい。

他県からやってくる人たちが「感動で泣けた」「なぜだか涙が出てくるんだよね」

長岡花火大会。超ワイド型スターマイン「フェニックス」は全長 2㎞。視界に入りきらない幅だ。目を見開いたまま首を左右に動かして鑑賞。

と言っているのをよく聞く。長岡の花火は不思議に涙腺《るいせん》が弱くなるらしい。

私も見るたびに胸を揺さぶられる。ほかの花火大会ではこんな気持ちにならない。きれいだったね、楽しかったね、で終わるのに。長岡の花火の余韻は特別だ。

さて、長岡花火はだれもが圧倒される大規模な花火ばかりではない。一部の市民が思いを込めて打ち上げる花火がある。そのひとつが「還暦花火」だ。

私の母校長岡高校の卒業生は、還暦を迎える年に記念の花火を打ち上げるのが恒《こう》例《れい》となっている。

還暦を迎える気持ちは複雑なものだ。年をとっちゃったなあ、とため息をつく一方で、まあ六十歳まで元気でいられたことはめでたい、めでたい、とも。私は還暦にみんなで花火を上げるのはいい思い出になる、というくらいに思っていた。

それが…、花火大会の八か月前に届いた案内書を読んでハッとした。

「来年には私どもも、人生の節目となる「還暦」を迎えることとなりました。その間、志なかばにして亡くなられた方々もいらっしゃいます。その友人たちへの鎮魂《ちんこん》の思いをこめ、この人生の節目に長岡花火大会において同期一同の「還暦を祝う花火」を打ち上げたいと思います。つきましては、～」

そうだ。六十歳を迎えられなかった仲間がいる。私が知っているだけでも三人が亡くなっていた。還暦花火は自分たちの記念だけではなく、むしろ、仲間の供養《くよう》のため、私たちは彼らを思って花火を上げるのだ。

花火大会の当日、同窓生たち百二十人が花火会場の桟敷席《さじきせき》に集まっていた。この日のために帰省した人たちも大勢参加して、真夏の夜の同窓会だ。

私は都合で行けなかったが、家で電話を片手にテレビの生中継を見ることにした。長岡の空は雲がなく、花火の打ち上げには最高の夜だ。

ずいぶん会っていない友だちがつぎつぎに電話口に出て「元気?」「長岡においでよ」と言ってくれる。昔の友だちっていい。

還暦花火がアナウンスされると、電話での会話は一時中止。無言で見守る。

鎮魂の思いを込めた白色の花火「白菊」が一発打ち上がり、つづいて六十歳にちなんで尺玉六十発が盛大に花開いた。私はテレビを見ながら、友人たちは河川敷で空を見上げて、亡き友に呼びかけた。

おーい、還暦花火を上げたよー、一緒に見たかったよー…。

花火が終わり、空は真っ黒になった。華やかで品がある花火だった。

「よかったよ、テレビでもすごくきれいに映ってた」

電話の向こうで、みんなのよかった、よかったという声やざわめきが聞こえてきた。

私は亡くなった仲間の顔が思い浮かんで、テレビの前でやっぱり涙ぐんでしまった。長岡花火は涙腺を弱くする。

戦争や災害だけでなく、亡くなった親しい人を夜空の花火で弔う。私も含め、長岡の人たちの心にしっかり根付いている。


鎌倉も毎年夏に花火大会が開催される。海で打ち上げる海上花火だ。

はじめて見たのは、鎌倉で暮らしはじめる一年前だった。

昼間からものすごい数の観光客が来ていた。江ノ電が昭和の通勤ラッシュ並みにギュウギュウ詰めでびっくり。由比ヶ浜《ゆいがはま》海岸と材木座海岸は、海のほうを向いて座る人たちで砂浜が見えないくらい。人は増えつづけ、だんだん潮が満ちてきて、花火がはじまるころには波打ち際で足を濡らしている観客もいた。海の花火見物は大変だ…。

ちなみに、いまは大潮を避けて開催日を決めているので、足を波に洗われる心配はないそうだ。

水中花火はユニークだ。沖に出た高速船が移動しながら花火玉を海に投げ込んでいくと、海面で扇型の花火がつぎつぎに花開いていく。真っ暗な海に半分だけの花火、その鮮やかな色と光が海に映ってきらびやかだ。規模は大きくないが、それだけに癒やされる花火だ。

こんな素敵な花火大会がある町に住む…。これから毎年見られると思うと、鎌倉の暮らしに期待と不安のあった私は、なぜだか励まされた。

鎌倉花火大会。花火玉を投げ入れていく高速船が見えるのも海の花火らしい。

つぎの年からは、浜の指定席で見物したり、家の二階から眺めたり。夏の我が家の大切なイベントとなった。

五、六年前、花火の日に買い物に出かけた。毎年のことながら、町は家族連れや浴衣姿の若い人たちでウキウキした雰囲気だ。

人通りの多い横断歩道で知り合いにばったり出会った。

「お、こんちは。今日の花火はどこで見

るの?」

ときどきお邪魔する家のご主人だ。

「浜は混んでるから、家で。スイカを食べながら見ます。これから買いに行くの」

すごく当たり前の挨拶《あいさつ》、日常の会話だ。

そのときに、あ、私、鎌倉の人になっている、と思った。

花火見物に来ている人たちとは違う。暮らしのなかに花火大会がふつうに収まっている、という感じだろうか。

いつも散歩している砂浜に毎日眺めている空。季節ごとに食べている魚がとれる、自分たちの海の花火大会だ。そんなふうに思うのは、すっかりこの土地に馴染《なじ》んだ証拠。

花火大会のある町に生まれ、いま、花火大会のある別の町に住んでいる。どちらの花火もどちらの町も、私を育んでくれている。

第3章

風を感じる秋

長谷寺の紅葉ライトアップ

芙蓉

隣が空き地になった。何十年も住んでいたお隣さんは、老夫婦のご主人が亡くなったあとに引っ越され、二階建ての家はあっという間に解体された。広い庭の木々もすべて引き抜かれた。土をならして、まったくの更地。人が暮らしていたぬくもりも一気に消えた。

家や樹木がなくなると、我が家にまともに風が吹きつける。

「なんだか今年の冬が寒く感じるのは、お隣がいないからかも」

ぽっかり空いた地面を二階の窓から寒々しい思いで眺めていた。

冷えた朝、空き地に黄色い花が咲いているのに気がついた。水仙の花だ。広い土地の真ん中あたりにポツン、ポツンと二本、まっすぐに立っている。そういえば、庭に水仙があった。

寒風をものともせず、凛《りん》と咲く水仙の健気《けなげ》なこと。あれだけショベルカーで土を掘り起こし踏み固めたのに、球根はじっと耐えていたのだ。なんという生命力だろう。

だれも見てくれる人のない空き地で咲いているのはかわいそう…。でも、ロープの張ってある土地に入るわけにもいかない。

水仙が終わるころ、空き地にはケシが咲きはじめた。華奢《きやしや》な長い茎《くき》にオレンジ色の可憐《かれん》な花。かぼそく見えて強風にもふわーっとなびいて倒れない。ナガミヒナゲシらしい。このあたりではよく見かける雑草で、路地やコンクリートの割れ目でもたくましく花を咲かせている。

数日でケシの花は数えられないほど増えた。ちょっとした花畑、とまではいかないが、オレンジのやさしい花で、殺風景な空き地が明るくなった。

日差しが暖かになると、雑草が我先にと伸びてきた。名もない草花たちはだれにも邪魔されずのびのび育ち、空き地は一面の緑色となった。

毎日お隣の前を通って見慣れてくると、ずっと前から原っぱだったような気がするものだ。ほんの数か月前まで家があったのに、記憶が薄れるのは早い。

でも、玄関わきに植えてあった芙蓉《ふよう》を忘れることはないだろう。

お隣のご主人がずいぶん前に植えた木だ。ご主人がシャベルを手に膝《ひざ》くらいの高さの木を植えているときに通りかかり、たわいのない話をした。そのときはなんの木かわからなかったが、花が咲くようになって芙蓉と知った。

芙蓉は育つのが早い。すぐに背が高くなり、枝も広がって見上げる木に成長した。夏には十五センチもの大輪の花がつぎつぎに咲き、秋まで楽しめる。豪華な桃色《ももいろ》の花がゆらゆら揺れる様《さま》は、上品で涼しげだ。ちょうど我が家に隣接した場所なので、毎年、芙蓉が咲くのを心待ちにしていた。


芙蓉はいいね、うちでも欲しいね、なんて話していたのが通じたのかもしれない。四、五年ほど前、庭で同じ形の小さな葉っぱを見つけたときは嬉《うれ》しかった。鳥が種を運んできたのか、芽を出したのだ。運のいい赤ちゃん芙蓉。うっかり踏まないようにと植木鉢に移した。

植物の種は風に運ばれたり、鳥のフンとなって移動する。うちでも植えた覚えのない植物がよく生えてくる。ヤツデも山椒《さんしょう》も、狭い庭でしっかり居場所を確保した。

この前は見慣れない茎《くき》がいくつも伸びてきて、なんだろうとそのままにしておいたら、白いテッポウユリが一斉に咲いた。総勢二十本。ようこそ我が家へ。お向かいさんで毎年咲くのとそっくりな花だ。

植物は、さりげなく近所の庭と行ったり来たりして、命を受け継いでいる。

植木鉢の芙蓉は、庭の良き場所に植え替えてから順調に育ち、少し花も咲くようになった。

これからも芙蓉の花が咲く夏に、ご主人の穏やかな笑顔を思い出すだろう。

蟬《せみ》が鳴き出すと、隣の空き地で新築工事がはじまった。トラックや作業車が出入りし、職人さんたちが汗を拭《ふ》き拭き作業をしている。

新しい家が建つのは木枯らしが吹くころだろうか。私はひそかに庭があるといいなあ、と思っている。

庭の芙蓉。朝咲いて夕方にはしぼむ一日花。昔から「日本の美の象徴」にたとえられている。

大銀杏

お正月でなくても、百人一首がブームだった時期があった。小学生から中学生にかけて、家族や友だちとよく遊んだ。

お気に入りの札は人にとられたくない。歌の意味はそっちのけで上の句と下の句を覚えた。

「ひさかたの〜」の「ひさ…」くらいで、ハイ！　と畳の上の札をたたく。「しづ心なく」だ。いただきました。

ひさかたの　光のどけき　春の日に　しづ心なく　花の散るらむ

春が輝いていて、でも少し寂しさもあって。いちばん好きな歌だった。

思い返すと、子どもなりに和歌からにじむ「もののあわれ」のようなものを感じとっていたのかもしれない。


ブームが去ると、百人一首のことは何十年も忘れていた。

ああ、あの歌は実朝《さねとも》がつくったんだっけ、と思い出したのは鎌倉に住んでからだ。

鎌倉幕府の三代将軍、若くして命を落とした源実朝だ。

世の中は　つねにもがもな　渚漕《なぎさこ》ぐ　あまの小舟《おぶね》の　綱手《つなで》かなしも

百人一首のなかでは、あまり印象に残っていなかった。札を読み上げるときに「つねにもがもな」が言いづらかった覚えがある。

いまは、じんわりと胸に響く。穏やかな海辺の日常風景。

私は同じ浜辺を眺めている。

実朝が「漁師が綱で小舟を浜に引き上げている。こんな日常の平和がつづいてほしいものだ」と詠んだときと、浜はそう変わってはいない。

八百年経《た》ったいまも、鎌倉の材木座や坂ノ下には船を停《と》める漁港がない。ほとんどの漁師は砂浜から船を海に押し出して、漁から戻ってくると引き上げる。台車を使っての作業は重労働だが、穏やかな日の景色としてはのどかで風情《ふぜい》がある。
もっとも将軍実朝にとっては、争いごとの絶えない鎌倉のなかで見た、ひととき
の平和の景色。歌には無常観も漂っているのだが…。

名越切通し。鎌倉と三浦半島を結ぶ要路。『吾妻鏡』に「名越坂」として登場している。鎌倉の岩盤は柔らかく堀りやすいという。

和歌の世界では、実際に見た風景を詠んでいるとは限らない。でも、この歌はきっと実朝が目にしていた光景なのでは、と思う。

鎌倉時代の地図を見ると、いまとあまり変わらない。三方を山に囲まれ、鶴岡八幡宮《つるがおかはちまんぐう》から海にまっすぐ若宮通りが伸びている。家も人も増え町並みは様変わりしたが、山と海の自然と四季の移ろいはずっとつづいている。

実朝の作品をまとめた『金槐和歌集《きんかいわかしゅう》』には、これは私が知っている鎌倉だ、と思える風景がたくさんある。

五月雨《さみだれ》の　露もまだひぬ　奥山の　真木の葉隠れ　鳴くほととぎす

雨上がりの草と土のにおいに惹《ひ》かれて山道を歩くことがある。鎌倉には山の丘陵にいくつもくねくねと谷がつづいている。山を切り開いてつくった細い道「切通《きりどお》し」は古道のまま残っているところもあって、武者姿の亡霊が現れても不思議ではない。鎌倉の山中で詠んだ歌とは限らないが、実朝は切通しの、しっとりした空気をよく知っているはず。

静かな山では鳥は鳴いても姿を見せない。海辺で聞くより鳴き声が寂しく響くのはなぜだろう。

ひさかたの　月の光し　清ければ　秋のなかばを　空に知るかな

満月の夜は、月の光を浴びたくなる。中秋の名月ともなれば海辺まで出かける。夜空に勢いよく昇っていく満月。真っ黒な海に月光が映って、波頭《はとう》は金粉をまぶしたように輝き、シャラシャラと音を立てて浜辺に移動してくる。この美しい情景をどう説明すればいいのか。私に絵や作曲の才能があれば、歌を詠む才能があれば、といつも悔やんでいる。

くれなゐの　千入《ちしお》のまふり　山の端に　日の入るときの　空にぞありける

よく晴れた夕方、浜辺にいる人たちはみんな西の空を見て待っている。大空を彩るショータイムのはじまりだ。

実朝は夕焼けを、何度も何度も染めてつくった見事な紅色、と表現している。いまより空気がきれいだった鎌倉時代。実朝の見た夕焼けはずっと美しかったかもしれないが、胸の中まで真っ赤に染まって息が詰まるような思いは同じだろう。

鶴の丘　あふぎて見れば　峰の松　梢《こずえ》はるかに　雪ぞつもれる

幻想的な由比ヶ浜の中秋の名月。
鏡のような海面は歩けそう。

鎌倉の冬は雪が降ることがある。朱の鳥居や本殿の屋根に雪が積もり、鶴岡八幡宮は清らかに雪化粧する。

実朝も、雪の八幡宮を見ていた。

悲劇の将軍とされる実朝の最期を知ると、この歌が心にしみてくる。


実朝は、二十八歳のとき八幡宮の大石段で襲われ命を亡くしている。雪の日だったという。殺害したのは実朝の甥《おい》の公暁《こうぎょう》。本殿につづく石段のわきの銀杏《いちょう》の木に身を隠してチャンスを狙っていたと伝えられている。

樹齢千年を超えると言われる大銀杏は「隠れ銀杏」と親しまれ、鎌倉時代を偲《しの》ぶシンボルだった。毎年秋になると大木は黄色に色づき、本殿の朱の塗りがかすむほど鮮やかで見事だった。

その大銀杏が二〇一〇年、暴風で倒れてしまった。

前日は、夜中に何度も目が覚めるほどの雪交じりの強風だった。朝、大銀杏が倒れたとニュースで知り、大慌《おおあわ》てで見に行った。

高さ三十メートルもある大木は、根元からひっくり返っていた。三月の寒い日で風が冷たい。太い幹は横たわり、無残にひきぬかれた無数の根が宙を掴《つか》むように広

在りし日の大銀杏。
実朝が襲われたのは
石段の13段目と言
われているが…。

倒れた翌日の大銀杏。
いまは、境内のカフェに
切り株が展示されている。

がっていた。

同じように駆けつけてきた人たちは、みんな呆然《ぼうぜん》と眺めていた。

千年の命が終わった…。あまりにあっけなく。

調査の結果、大銀杏の回復は不可能とされ、鎌倉の人たちはがっかりした。ところが、十年以上経ったいま、若木が十メートルを超えて成長している。残った根が生きていて、新しい芽が出てきたのだ。

やはり特別なエネルギーの宿った木なのかもしれない。

これも、大銀杏を再生させたいと処置

銀杏の若木。まだ幹は細いが秋になるとちゃんと黄色に色づいている。

1938年からつづく「ぼんぼり祭り」。舞殿では日本舞踊や楽器の演奏も催される。

をし、保護に務めてきた人びとの熱意と努力あってのことだ。まだやせっぽちだが、百年も経てば、また本殿を隠すくらいの大木に成長しているのだろう。

夏、八幡宮では毎年実朝の誕生日に「実朝祭」が執り行われ、立秋の前日から誕生日の八月九日までは「ぼんぼり祭り」が開催される。ぼんぼりには鎌倉にゆかりのある人たちがしたためた絵や書を飾り奉納する。私も鎌倉の住人になってから声をかけていただき参加している。

夕暮れどき、巫女《みこ》さんたちによってぼんぼりに明かりが灯《とも》されていく。その数、約四百。参道の両側に立てられたぼんぼりは小高い本殿までつづき、橙《だいだい》色の幻想的な夏の夜となる。

大勢の人たちで賑わうなか、どこか夢の中にいるような気持ちでそぞろ歩く。

実朝が暗殺された石段も、ぼんぼりのあたたかな明かりで照らされている。

八百年前の歴史の舞台で、穏やかで平和なお祭りを楽しめることに感謝。大銀杏が復活したことに感謝。和歌の中の自然が鎌倉に生きつづけていることに感謝。

トンボロ

国道134号線を江の島方面にドライブするのが好きだ。八幡宮を背にまっすぐ伸びる若宮大路を走り、突き当たりを右に曲がる。道は海岸線に沿ってなだらかなカーブを描いてつづく。左手はずっと海。窓を少し開けて潮風を吸い込みたくなる。

この道は、天気がいい日も悪い日も退屈しない。晴れると水平線に大島がくっきり浮かび、泳いで渡れそうに近い。雨の日は空も海も境がなくどんより重く、果てしない灰色の世界となる。その日によって海の色も雲の形も違うという当たり前のことを一年じゅう新鮮に味わえる。

道路はほとんど片側一車線。渋滞することも多いが、あまりイライラしない。海に浮かぶ波待ちのサーファーたちを目の端に感じているだけでストレスが溜まらない。ほかのドライバーたちも同じようで、混んでいても車間を詰めたり、クラクションを鳴らしたりはしない。心に余裕が生まれるのは海のおかげだろう。

由比ヶ浜《ゆいがはま》と七里ヶ浜《しちりがはま》を区切るように張り出している岬《みさき》が、稲村ヶ崎《いなむらがさき》だ。

引っ越してきたころに、渋滞中の車の中から稲村ヶ崎を眺めて「浮世絵とそっくりだ」と思った。いえ、まったくそっくりの作品はないし、よく似たものもない。でも、私の頭の中に、広重《ひろしげ》や北斎《ほくさい》が描いたどこかの海と岬の風景がよみがえった。

稲村ヶ崎は垂直に切り立つ断崖だ。ゴツゴツした岩肌に松の木が数本、体をよじるように伸びている。その岩の色と松の形がなんとも浮世絵的。岩場に根を張り、台風や嵐に立ち向かって立つ松の姿は、江戸時代もいまも変わらない風景だ。

もともと浮世絵は好きだった。稲村ヶ崎の松を眺めるたびに、鎌倉らしい浮世絵が欲しいと思うようになった。

知り合いの古美術商にお願いすると、ほどなく見つけてくれた。

歌川広重の「相州《そうしゆう》江之嶋《えのしま》弁才天開帳参詣群集之図」。三枚続きだ。大勢の女性たちが揃いの着物に傘を差し、江の島に向かって歩いていく図だ。総勢百人は超えるだろうか。手前に広がる砂浜から江の島へ、吸い込まれるように歩いていく。みんな楽しそうで、おしゃべりや笑い声が聞こえてきそうな作品だ。

ひと目で気に入った。江の島は鎌倉市ではなく藤沢市だけれど、いいでしょう。

額装した浮世絵。

保存状態も悪くない。三枚並べて額装《がくそう》してもらった。

江戸からそう遠くない江の島は、手ごろな行楽地として人気があった。とくに六年に一度の弁財天《べんざいてん》ご開帳のときは、大勢の参詣客《さんけいきゃく》で賑《にぎ》わったという。

弁財天は芸事の神様だ。芸能にかかわる人にとってはいちどはお参りしたい場所。広重が描いた大勢の女性たちは、四組の音曲《おんぎょく》のグループだ。長唄《ながうた》、常磐津《ときわづ》、清元《きよもと》、富本《とみもと》、とそれぞれの着物と日傘の柄で描き分けている。唄や楽器を生業《なりわい》とする女性たちは、上達祈願で張り切って江の島を目指したのだろう。

しかし、彼女たちが江の島詣《もう》でをしたころは、いまのように島までの橋はない。浮世絵では、陸側の海岸から江の島まで砂浜の道がつづいていて、そこを通っている。

江の島は、干潮になると海が割れて道ができ、歩いて渡れるとは聞いていた。

浮世絵の女性たちは、みんな草履《ぞうり》を履いている。襦袢《じゅばん》までたくし上げたりしてい

江戸からの旅は３～４日かけて江の島や鎌倉などを巡るコースが人気だったという。いまはいつでも弁財天を拝観することができる。

ない。砂の道といっても、本当はもっとドロドロの地面を苦労して渡ったのではないの？　と疑問に思っていた。広重は、リアルさより美しさを優先して、いとも簡単に江の島に渡っているように描いたのかもしれないと。

そんな疑問を抱いて、いちど確かめなくてはとずっと思っていたのだが、実際に海底が現れるほどの干潮時に江の島を訪れることはなかった。近くに暮らすと、江の島は地方の友人が来たときに案内するくらいで、わざわざ行かないものだ。

干潮時の江の島を訪れたのは、浮世絵を手に入れてから何年も経ってからだった。

事前に、江の島観光案内所に電話をした。島に渡れるくらいの干潮の時間を尋ねると、

「はい、トンボロですね、ちょっとお待ちください」

はじめて聞く言葉が返ってきた。

トンボロ？

陸と島が干潮によって地つづきになる現象をトンボロと言うのだそうだ。なんとなく親しみのある響きなので、この辺で昔からそう言われてきたのかと思ったら、トンボロはイタリア語。広くヨーロッパで使われていて、もともとはラテン語なのだそうだ。

日本語では「陸繋島《りくけいとう》」と言うそうだが、江の島のトンボロ現象は、鎌倉時代には確認されているので、八百年以上つづいていることになる。

「その日によって道のできる時間も状態も違うので、必ず歩いて渡れるとは限らないんですよ」

案内所の人は親切にいろいろ教えてくれた。

私が訪れた日は、十二時半から二時間程度道ができるとの予測だった。お昼過ぎに片瀬海岸に着くと、もう島はほとんど陸つづきになっていた。たしかに道だ。いやいや、道というには広すぎる。場所によっては幅が百メートルもある砂州《さす》が出現している。

これがトンボロか…。

海が割れるというと、映画「十戒」の有名なシーンを思い出す。モーゼが杖《つえ》を手に両手を広げると、海が轟音《ごうおん》とともに真っ二つに割れ、人びとは両側にそそり立つ海の壁を見上げながら、海底をおそるおそる歩いて行く。

もちろんこれは映画の世界。トンボロがそんな劇的な現象ではないのはわかっているが、目の前の砂州があまりにふつうに江の島につづいていて、少し拍子抜けする。ただ、砂の道の両端が波打ち際なので、右からも左からもチャポチャポと静かに波が寄せているのが奇妙と言えば奇妙だ。

スニーカーで歩いてみると、砂はぎゅっと締まって固い。足跡もつかないほどだ。これなら草履でも難なく渡れただろう。江戸時代の女性も条件が良ければふつうに歩いて渡ったのだ。

波に取り残された貝殻や石などは意外に少ない。ところどころ大きな砂紋がくっ

あと数分で完全に砂州になる。はじめて江の島に桟橋がかかったのは明治24年（1891）。たびたび流されたという。

江の島大橋の下。隣の弁天橋を渡る人を仰ぎ見るのはなんとも不思議。

きり残っていて、たしかにさっきまで海だったことがわかる。

片瀬海岸と江の島を結ぶ橋に近づいてみる。自動車専用の「江の島大橋」と歩行者用の「江の島弁天橋」だ。いつもは海に隠れている巨大な橋脚がむき出しになっていて、フジツボや苔《こけ》がびっしり付いている。ちょっとグロテスクだ。ふだんの海面は見上げる高さだ。急に海の底に立っている実感が湧いてきて、ゾクッとする。

上を見たり、しゃがんでみたり、拾っていけそうなきれいな貝でもないかしら、と歩いているうち、気づけば砂州の幅が狭くなってきている。ひたひたと、音もせずに両側から波が押し寄せている。かなりの早さだ。

もう潮が満ちはじめている。これは大変、弁財天にお目にかかるのはまたの機会に、と取り残される前に戻ることにした。

家に帰って、あらためて浮世絵を眺めてみる。広重は江の島付近を晴れたのどかな風景に描いている。

画面の右手に小さな富士山。海には帆掛け舟が何艘《そう》も浮かんでいる。江の島はお椀《わん》を伏せたような形だ。こんもりと木々に覆われ神秘的な雰囲気が漂っている。

江の島への旅はさぞ楽しかっただろう。もちろんいまよりずっと不便で時間がかかったはず。いつでも好きなときに島に渡るわけにはいかない。でも、感動は江戸

歌川広重「相州江之嶋弁才天開帳開参詣群衆群之図」。

時代のほうが何倍も大きいと思う。

浜辺の茶屋で団子を食べながら干潮を待ち、徐々に砂州が現れるトンボロ現象に驚きの声を上げる。「では、おのおのがた、まいりまする！」と掛け声がかかったかどうかは定かでないが、一斉に砂の道を歩きはじめる。目指すは憧れの信仰の島。気持ちは高まるばかりだ。

江戸時代にタイムスリップしたくなった。絵の女性のひとりになって、江の島詣でをしてみたい。

タヌキ

「昔は庭にも結構タヌキが来たんですけどね」

と、鎌倉に嫁いで五十年以上になるお向かいの奥さん。最近はめったに見なくなったそうだ。

それを聞いて、うちの庭にも現れないかしらと気にしていたが、ノラネコが通りかかるくらいでタヌキを見かけることはなかった。

台湾リスはめずらしくない。ふさふさした尻尾を揺らして電線を走ったり木登りしたりしているが、野生というには人に慣れすぎている。

ときどき、野生動物の話は耳にした。

北鎌倉の自宅で喫茶店を営んでいるご主人は、

「ヘビは出ますよ」

と当たり前のように言っていたし、スポーツジムのロッカールームでは、

「この前、ハクビシンが屋根裏には入ってきちゃって」

「あら、そう」

なんて会話が聞こえてくる。天井《てんじょう》がバタバタとうるさくて、何か動物がいるとわかるから、そういうときは市役所に連絡すると捕獲に来てくれるのだそうだ。

庭の柿《かき》やミカンを食べたり、家庭菜園を荒らすなど被害もあるらしい。困ったものだが、鎌倉は人の住む場所に山が迫っているから、いろいろな動物が出てくるのは当然だ。


野生動物に遭《あ》わないかなあ、と期待して十年が過ぎ、やっと遭遇した。

雪ノ下という美しい地名は、鶴岡《つるがおか》八幡宮とその周辺の地域で、表通りを少し奥に入ると庭木に覆われた家が点在するお屋敷町だ。

八幡宮から北鎌倉方面に進み、右に折れると細い坂道となって八幡宮の裏山につづく。

私と夫が向かったのは、鎌倉のシラスを使ったチリメンジャコなどを売っている店だ。

坂道の途中にある「とも乃」は奥村土牛《おくむらとぎゅう》のお孫さんの店で、店内には土牛の作品

「とも乃」の先につづく上り坂。奥のほうまで立派な家が建っているがシンと静か。

が飾られ、小さなギャラリーにもなっている。

私たちはお世話になった方への贈り物を選び、ひとしきり土牛や鎌倉文士の話を伺った。鎌倉に移り住み、鎌倉文士と呼ばれた文学者は、里見《さとみ》弴《とん》、久米正雄、大佛《おさらぎ》次郎、川端康成など、鎌倉の文化や町づくりにも貢献した。

「この上のほうに小林秀雄の家がありますよ」

とご主人が教えてくれた。

文芸評論家小林秀雄。高校生のとき、思慮深い男子が『考へるヒント』をいつもカバンに入れていた。私は名前を知っているくらいでちゃんと一冊を読んだことはなかったが、夫は目を輝かせた。そうか、あの「山の上」の家はここだったんだ、見に行こう、とズンズン坂道を登りはじめた。


舗装はされているが、かなりの急勾配《こうばい》。ほとんど山登りだ。あたりはシダやドクダミの湿った緑が生い茂っている。

結構急な坂だなあ、家にたどり着くのに毎日息切れしそう、と見上げたとき、わきでガサッと動くものが。

茶色いぷくっとしたお尻をこっちに向けて斜面を駆け上っていく姿は、「猫？」

鎌倉文士の新年会。大佛次郎、里見弴、川端康成らが並ぶ。鎌倉で多くの作品を残すだけでなく、「ぼんぼり祭り」や「鎌倉カーニバル」を発案した。

門への石段も急だ。小林秀雄は27年間この家で暮らし、74歳のときに同じ雪ノ下の平坦な場所に引っ越した。年齢と坂道が大きな理由だったようだ。

と思ったら、振り返ったその顔を見て、「タヌキだ！」とわかった。

まん丸の顔にとがった耳、ちょっととぼけた表情。

まだ子どものようだ。あどけない目でジッとこちらを見て動かない。警戒しているというより好奇心いっぱいのようだ。私たちも立ち止まったまま動けない。

しばらく見合ったあと、子ダヌキはフイッときびすを返して藪の中に消えた。

私はフーッと大きく息を吐いた。息を止めたまま見ていたようだ。鎌倉ではじめて出会った野生動物はタヌキ。それもとびきりかわいい子ダヌキだった。


小林秀雄の家は、坂道をさらに登って竹林《ちくりん》の前にあった。人の背よりずっと高い石垣に囲まれ、道から見えるのは風格ある数寄屋門《すきやもん》だけだ。八幡宮の裏山に包まれるように建つ家は、南側が海に開けていて眺めがいいという。

ここに住んでいたらタヌキとよく出会っただろうな、とチラッと思った。

私はタヌキを見た感動で胸いっぱい、夫は学生時代に大きな影響を受けた小林秀雄に胸を熱くし、それぞれの気持ちで急な坂道を下った。

帰りがけに「とも乃」のご主人に興奮状態のままタヌキを見たと報告すると、「ああ、そうですか、いますよね」とニコニコするだけ。やはりとくにめずらしいことではないらしい。

しばらく経って、新聞を読んでいたら小林秀雄の記事が出ていた。名前を目にしたとたん、
あ、タヌキ…。

困った。小林秀雄というと瞬間的に子ダヌキのきょとんとした顔が頭に浮かんでしまう。

こんなことではいけない。失礼だ。タヌキを払拭《ふっしょく》するためにはどうしたらいいか。

私は夫の本棚から茶色く変色した本を数冊借りた。これはもう、著書をきちんと読むしかない。

第4章　まぶしい冬

新年の坂ノ下
大漁旗を飾った漁船

かがっぽい

湘南の冬は、いつも眩《まぶ》しい。実際には雨も降るし曇りの日もあるのだが、「冬の湘南」というと、陽の光に満ちている気がする。

たしかに乾燥していて晴れた日が多く、浜辺の散歩は気持ちがいい。光を反射してキラキラ光る海はエメラルドグリーンで、これも夏場にはない冬ならではの色。澄んだ空に真っ白な富士山が姿を現す確率も高い。

冬でも海は賑《にぎ》わっている。サーファーやヨットが波に浮かび、砂浜ではジョギングや犬の散歩をする人たちが思い思いの時間を過ごしている。

湘南で生まれたら、きっとこの冬の光は当たり前なのだろう。

新参者《しんざんもの》の私にとっては、特別な光だ。十年以上暮らしているのに、光の中に飛び込めず気後《きおく》れしている自分がいる。

真冬の海岸。午後３時を過ぎてもくっきりと黒い影がのびる。

私の生まれ育った新潟は、冬の海辺を散歩する人はまずいなかった。鉛色の海は波も雪も吹き荒れて、寂しい風景だ。そこにオーバーコートの襟《えり》を立ててひとりで歩いていようものなら「大丈夫か？　なにかあったのか？」と心配されるのがおちだ。

私は豪雪地帯と呼ばれる長岡で生まれ育った。年々積雪は減っているが、子どものころは二階から出入りするくらい降り積もることもあった。十一月、どの家も初雪が降る前に「雪囲い」をする。庭の木をむしろで巻いて添え木をし、家の一階部分をぐるりと板で囲う。雪に押しつぶされないようにするのだ。

フワフワ降ってくる雪は軽いが、大量に積もると相当重い。屋根の雪下ろしをした雪も加わってみっちり岩のような白い塊となる。

雪囲いした後は、家の中が暗くなる。一階の窓の外は板張りなので、いっさい光が入らない。朝起きて、天井の照明をつけないと真っ暗な暮らしが四か月もつづく。外に出ても、たいていは灰色の空。何日も雪が降りつづくと除雪もままならず、道も雪で覆われる。長靴を履き、雪で滑らないように下ばかり見て歩いていた。

でも、長い冬が終わりに近づくと、ある日スッと晴れる日がある。久しぶりのお日様だ。うれしくて天からのご褒美《ほうび》のように思えた。

まだ町は雪に覆われている。太陽の光は屋根や道に積もった雪に反射して、あたりはいっそう輝いて見えた。

そんな光のなかで、私たちは手のひらを額にかざし、目を細めて「かがっぽいね」と口々に言った。方言で「まぶしい」という意味だが、雪国ならではのニュアンスがある。

もうすぐ春が来るというくすぐったいようなうれしさ、それに、急に明るいところに出てきて恥ずかしくて、というような気持ち。雪国で育った人にしかわからない感覚だろう。

「かがっぽい」という言葉を長いあいだ忘れていた。長岡を離れて東京で三十年暮らしていた。その間、太陽の光を「美しい輝き」と思えたことがなかったのか、忙しさにまぎれ、見過ごしていたのかもしれない。

鎌倉に暮らし、屈託《くったく》のない、あふれるような輝きのなかに身を置いて、昔の、冬の終わりの一瞬のきらめきを思い出した。

「かがっぽい」っていい響きだなあ。

ワカメ

最初は何かわからなかった。

魚屋の店先に、スーパーのレジ袋がいくつも無造作《むぞうさ》に置いてある。中には黒い濡れた物体が…。

「これ、なんですか?」

店の中で魚をさばいていたおじさんが、ぶっきらぼうに答える。

「ワカメ」

そうだ、ワカメが採《と》れるんだ。へえ、売っているんだ。まだ鎌倉に暮らしてから間がない私は、採れたばかりのワカメを見たことがなかった。ふだんは乾燥ワカメや塩蔵《えんぞう》ワカメを戻して使っていた。

生のワカメはレジ袋の中でヌメヌメ光っている。

「あの、どうやって食べるんですか?」

こんなにたくさん、味噌汁に入れたら何百人分にもなる。

「そりゃあ、しゃぶしゃぶだよ」

えっ？　しゃぶしゃぶって、牛肉とか豚肉の、そのしゃぶしゃぶのこと？

首をかしげてワカメを見下ろしている私に、アンタ、知らないんだね、とおじさんは近寄ってきた。

「ワカメは洗って、適当に切って、鍋《なべ》にお湯を沸《わ》かして、箸《はし》でササッとしゃぶしゃぶする。ポン酢で食べるのがいいね」

はあ、なるほど、簡単だ。

「で、ササッとって、二、三秒くらいで食べられるんですか？」

私もしつこい。でも、俄然《がぜん》、興味が湧いてきたのだ。ワカメのしゃぶしゃぶ、食べてみようじゃないの。

おじさんは、店の中に戻りながら、「そんなの、さーっとワカメの色が緑に変わるから、それでさ」

フムフム。本当はほかにも聞きたいことはあった。お湯には料理酒や出汁《だし》は入れるのか。ワカメの茎《くき》の部分はどうするのか、とか。でもこれ以上はうるさいだろうから遠慮して、まずはやってみよう。ずしっと重いレジ袋に三百円払い、ぶら下げて帰った。

台所のシンクでレジ袋からワカメをつかんで持ち上げた。なんと長いこと。一メートル近くある。海の中でユラユラ踊っていた姿そのままだ。

よく水洗いして、固い茎と葉の部分を切り分けた。ヌルヌル、ネバネバ、まな板の上でジッとしてくれない。しっかりつかんで包丁を入れると、ザクッ、ザクッと気持ちのいい音がする。

つぎに土鍋に火をかけて。ちょっとお酒を入れてみた。あとはポン酢を用意して。

食卓には山盛りのワカメ。こんなのでいいのかしら。見た目は食欲がわくとはいえない。ところが、黒っぽいワカメを箸でお湯に浸《つ》けると、とたんに鮮《あざ》やかな緑色に変わった。艶《つや》やかな明るい緑だ。

「わー、きれい！」

思わず声が出る。

ポン酢にくぐらせて口に入れると、ほう、肉厚のワカメはしっかりしていて、噛《か》むとジャキジャキと歯ごたえがたまらない。

ほのかな磯の香りもいいが、この歯ごたえが旬の醍醐味《だいごみ》なのだろう。

湯がいたワカメ。色が変わらないように急いで団扇であおぐ。

丸いメカブは根元の部分。茹でて包丁でたたくとネバネバトロトロに。

食べきれないかも、と心配していたワカメは、あっという間に完食した。

それから毎年二月、漁がはじまるとワカメのしゃぶしゃぶを食べている。だんだん地元の人のようにこだわりが出てきた。養殖のワカメより採れる時期が少し遅くなる天然物を待つようになり、自分で乾燥ワカメをつくるようになった。

鎌倉の冬の風物詩として、浜辺でワカメを干す作業がある。ワカメの季節は、浜に巨大な物干し場がつくられる。シーツなら何十枚も干せるような大きさだ。そこに採れたワカメをピンチで留めてぶら下げる。何百本のワカメが潮風に揺れているさまは、壮観だ。

ああすればいいんだ、と真似してみたら、うまくいった。家にあるピンチハンガーを総動員して、ベランダの物干し竿でワカメを干す。最初びしょびしょと水がしたたっているのが、水分がなくなってくるとベタッとくっつくようになる。一日か二日で身が縮んでパリパリになる。天然ワカメの天日干し、完成だ。

潮風にそよぐワカメ。収穫したワカメは湯がいて、洗って、干す。家族総出の手作業だ。

ベランダでワカメ干し。これはほんの一部。

乾燥ワカメは鎌倉の店で簡単に手に入る。買えば楽なのに、やっぱり手づくりしてしまう。

湯がいて冷凍保存したのも合わせて、約一年分。ワカメには不自由しない豊かな暮らしを送っている。

薪ストーブ

十一月の肌寒い夕暮れどき、道を歩いていると、どこからか薪《まき》の燃えるにおいがする。

ああ、もうストーブを焚《た》いている家がある。

うちもそろそろ火入れをしましょうか。

暖炉《だんろ》か薪ストーブのある家に住みたかった。寒い冬は赤い炎を見ながら部屋でぬくぬくしていたい。

暖炉はじかに炎の揺らぎを眺められる。薪のはぜる音を聞くのも魅力だ。薪ストーブはガラスの扉で直接炎を見ることはできないが、放射熱で家全体が暖まる。

どちらにしようか迷ったが、調理ができるストーブに夫と意見が一致した。観賞用より実用的なほうだ。

頭のなかで三十年以上前のテレビドラマ「大草原の小さな家」がよみがえっていた。

西部開拓時代のアメリカが舞台で、簡素な家の真ん中に大きなストーブがあった。ストーブの上には大鍋《おおなべ》が乗っていて、やさしいお母さんが焼いた素朴なケーキがおいしそうだった。私がストーブに憧れたのは、子どものころからだったのかもしれない。


設置されたストーブで、まずやってみたのはマシュマロ焼きだった。ストーブを買った店の人に薪の入れ方から火のつけ方などを教えてもらい、「最初はマシュマロ焼きを。おいしいですよ」とすすめられた。

バーベキューの串《くし》の先にマシュマロを刺し、ストーブの扉を開けて中に入れる。一個目はあっという間に黒焦《くろこ》げになった。初心者はやりがち。火に近づけすぎだ。二個目は上手《うま》くいった。火箸《ひばし》をクルクルまわして全体が茶色に色づいたらOK。

リビングには香《こう》ばしいにおいが漂う。

フーッフーッ、アチッ、舌が火傷《やけど》しないように、少しずつ口にする。

濃くて熱いキャラメル味。表面はカリカリで中はとろけた餅《もち》のようだ。

ストーブの煙突は２階の部屋を通って屋根に。家中がホンワカ暖かい。

ストーブ初調理、というほどではないが、まずはマシュマロで炎とお近づきになった。

しばらくはストーブ料理にはまった。煮込みはストーブの得意分野だ。牛すね肉の塊を鍋に入れてストーブの上に半日置いておくと、肉はホロホロと柔らかくおいしいスープができている。

ピザは少しコツがいる。ストーブの中にピザ専用の五徳《ごとく》をセットするのだが、火が燃えさかっているうちは待たなければならない。薪が熾火《おきび》になろうとするころに、ピザ生地《きじ》を入れてすばやく扉を閉める。そして目を離さず焼き具合をチェック。チーズがフツフツ溶けて生地のフチの部分が焦げはじめたら、即、扉を開けて取り出す。生焼けでもお煎餅《せんべい》のように焼けすぎてもいけない。でも、ちょっとくらい失敗しても自分で生地からつくって焼いたピザはおいしいものだ。

焼き芋にローストチキン、干物を炙《あぶ》ったり、ダッチオーブンをストーブの中に入れて焼きリンゴをつくったり。三年くらいはストーブ調理に凝《こ》っていたが、だんだん熱が冷めてきた。マシュマロ焼きは来客のときに遊びで焼くくらいになった。

それでいい。ストーブがお客様ではなく、家族の一員になったということだ。

冬のあいだは、義父からもらった鉄瓶《てつびん》がシュンシュンお湯を沸かしている。鉄瓶で入れたお茶は、まろやかで香りが増す。ゆらめく炎を見ながらおいしいお茶をいただくひとときは、一日の大切な時間。炎は人を素直にしてくれるようだ。

ストーブは、薪に火をつければ燃えてくれるわけではない。はじめのうちは火が消えてしまったり、扉を開けたら黒煙がモコモコ出てきてあわてたり。火は生き物だ。上手に世話してあげると美しい炎の揺らぎになる。

いまは、夫がストーブ係を一手に引き受けている。「もうストーブ焚きの名人になったな」と自画自賛。たしかに少ない薪で効率よく部屋が暖まるようになった。私が朝食の用意をするあいだに灰を片付け、扉のガラスの曇りを拭《ふ》いてきれいに保っている。

十年以上経って、ストーブは鈍《にぶ》い艶《つや》が出て貫禄がついてきた。

薪はひと冬で一トンくらい必要かもしれない。最初はストーブを買った店の紹介で岩手の花巻から送ってもらった。太さや長さがそろっていて、見た目もきれい。いま思えば、すごく上等で高価だった。

薪が燃えるのがおもしろくて、とにかくバンバン燃やしてしまい、あっという間

ピザの焼き上がり。顔は真っ赤、エプロンは粉だらけ。

になくなった。これでは先がつづかない。ネットで探して、山形や福島、石川県の能登半島に注文して取り寄せた。

そのころは夫婦で旅行に行くたびに、薪を調達できるところはないかとアンテナを張っていた。

軽井沢では大きなホームセンターで見つけた。冬の軽井沢は別荘にストーブや暖炉は欠かせない。私たちはステーションワゴンに積めるだけ積んで鎌倉に戻った。

山中湖に遊びに行ったときは、通りがかりに巨大な「薪」の看板を見つけて、そのまま寄り道した。本格的な薪の製造場で、広い敷地に丸太が積み上げられ、電動の薪割り機も置いてある。男の人が自分で薪を割って、車に運んでいる。

お店の人に、薪割りしてみますか？　と誘われてやってみた。

オノを振り上げて下ろせばなんとかなると思ったが、そういうものではなかった。丸太の切り口に刃が当たっても、一、二センチ刺さるだけ。何度やってもスパッと気持ちよく割れてくれない。それに短くてもひと抱えもある丸太は相当重い。大量に薪をつくって運ぶのは重労働だ。私たちは完成品を買って、また車に積めるだけ積んだ。

そんなことで、毎年秋になるとどこで薪を調達するかが問題だったが、意外に簡単に解決した。

家から車で十五分くらいのところで「薪あります」の小さな看板を見かけた。買い物でときどき通っている道なのに気がつかなかった。

薪！　見間違えじゃないよね、と車を道路わきに停《と》め、電話番号をメモした。材木屋や燃料店ではなく、造園業を営んでいる家だった。

それからは、毎年寒くなる前に軽トラで運んでもらっている。

薪は、鎌倉周辺の山の間伐材《かんばつざい》だ。人の手が入らないと山が荒れるので、職人さんたちが伐採して薪にしているのだという。灯台下暗し。鎌倉は山に囲まれているのだから薪にする木だってあるはずなのに、思いつかなかった。日本のあちこちの薪を燃やしてみて、結局は地元の木に落ち着いた。これはうれしい。

間伐材だから、いろいろな種類の木が混じっている。クヌギ、ケヤキ、クリやブナ。じっくり自然乾燥しているからきれいに燃える。

ただ、形はいびつだ。大きさも長さも不ぞろいで、厚い木の皮がついていたりする。

これは、薪をつくっているのが本職の人ではないせいもある。障害をもった人たちが社会に出る準備のひとつとして、指導を受けながら薪づくりをしているのだそうだ。鎌倉はこういった支援をするＮＰＯの活動が盛んなのだという。

将来に向かって一生懸命つくった薪を分けてもらえるのはありがたい。

数種類の薪のなかで、「当たり！」とうれしくなるのが、サクラだ。

サクラ薪は特別だ。燃えるとき、いいにおいがする。お香のような、ほのかな桜

新緑の山。緑の色もさまざまで、何十種類もの木が春を喜んでいるようだ。

の花のにおい。

春になると、鎌倉の山々は新緑のなかに淡いピンクの山桜がふわり、ふわりと咲く。手入れの行き届いたお寺の桜もいいが、素朴な山桜を遠く眺めるお花見はなんとも言えずやさしい気持ちになる。

山桜は、大きくなりすぎて倒れる前に伐採するのだそうだ。その木が薪となってうちのストーブのわきに積まれている。

どの山で育ったかは知らないけれど、いい香りをありがとう。サクラは我が家で最後の命を燃やしてくれている。

ゴスケさん

日曜日の朝はゴスケさんではじまる。

朝食のコーヒーを入れながら、湘南ビーチFMをスイッチオン、軽やかなジャズがキッチンに流れる。楽しみにしているのは、八時四十分から十分間の「日曜朝市ハヤママーケット情報」だ。

湘南ビーチFMは逗子《ずし》、葉山の放送局で、湘南の風のような選曲が耳に心地いい。車の運転中や家の掃除をしながらよく聴いている。

おしゃれな番組のなかで朝市のマーケット情報は異色のコーナーだ。

毎週日曜日に葉山で開催される朝市のようすを、ゴスケさんという人が実況中継で紹介していく。このゴスケさんがだれなのか気になるのです。

八時四十分になると、スタジオから「それでは、ゴスケさん」と呼びかける。ゴスケさんは名前だろうけれど、どこのゴスケさん？　もしかしたら葉山ではだれもが知っている有名人で名字も肩書きも必要がないのかしらと思ったりする。

「はい、おはようございます！」と挨拶《あいさつ》するゴスケさんは、アナウンサーやレポーターの声ではない。ふつうのおじさんっぽい、というか明らかに素人《しろうと》さんだ。

そして、お店の紹介もとても素朴で素人っぽい。そこが、魅力だ。

毎回ちょっとずつ試食しながらお店を巡《めぐ》るゴスケさんは、飄々《ひょうひょう》としたしゃべり方があたたかくて、聴いていてほんわか幸せな気持ちになってくる。ただし、あまり状況が伝わってこないこともある。そこも、また魅力だ。

クラムチャウダーを試食すると、

「うまい、うまいねえ、今日は寒いから温かいのはいいですねえ」

で、つぎの店に行く。どんな味なのか食レポのようなコメントはいっさいない。

「さあ、どれも活きがいいですよ。サザエが一皿千円。はい、それから、伊勢エビは千五百円！」

ちょっとゴスケさん、一皿っていくつで千円よ？　私はすかさずツッコミを入れる。

葉山のマーケット。出店するのは 20 店舗以上。人気のラ・マーレ・ド・チャヤの朝市タルトは開店前から長い列ができる。

釣り船が並ぶ鐙摺（あぶずり）港。

朝市の看板。

「はい、旭屋牛肉店さんにやってまいりました。今日はコロッケが、あ、完売？　また入るの？　いま取りに行ってる。はい、追加がくるそうですよ、五個で四百五十円」

お店の人の声はマイクに入らないから、聴くほうで想像するしかない。

ゴスケさんはどんな人なのだろう。葉山の朝市には行ったことはあっても、それらしき人を見かけたことはなかった。

ということで、久しぶりに日曜日の朝市に出かけた。

道が空《す》いてれば自宅から車で十五分もかからない。八時くらいに会場の鐙摺港《あぶずりこう》に到着した。海辺の朝市というとひなびた港を思い浮かべるが、葉山は日本のヨット発祥の地。すぐそばが豪華なヨットやクルーズ船が停泊する葉山マリーナで、セレブっぽい雰囲気がある。

青空が広がる日曜日の朝で、富士山がくっきり姿を現し、港から出ていくヨットも気持ちよさそうだ。そして絶好の行楽日和《びより》。朝市にはもう大勢の人が集まっていた。地元の人だけでなく、県外からも車で訪れるとあって、近くの駐車場はすぐ満車になってしまう。
朝市の規模はそれほど大きくはない。岸壁沿いの五十メートルほどのあいだに地元の店が出店している。葉山野菜や捕《と》れたての魚貝類、お菓子、アイスクリーム、ホットドッグ、ピザ、などなど。テーブルと椅子《いす》も用意してあるので、買ったパンや海鮮丼を朝食に食べることができる。酒屋さんの椅子では、朝ビールをおいしそうに飲む人たちも…。
私はブレドールのラスクやカフェテーロのコスタリカコーヒーを買いながら、会場を行ったり来たりしてゴスケさんらしい人を探す。八時四十分が過ぎゴスケさんコーナーがはじまっても、実況中継をしている人は見当たらない。マーケット情報が終わったらどうしようと焦りはじめたときに、それらしき人を見つけた。「湘南ビーチFM」の腕章を付けている人。ジャンパーに帽子をかぶり、イヤホンをつけて歩いている。人目につくマイクも、ほかのスタッフもなし。ひとりで携帯端末を使ってレポートしているようだ
想像していたとおり小柄でほっそりしている。年季の入った青いキャップには白抜きでHAYAMA　MARKETと書いてある。そうだ、この人なら見かけていた。ゴスケさんはさっき駐車場で車を誘導していた人だった。

ゴスケさんがこちらに近づいてきたので、思い切って声をかけた。

「ゴスケさん、いつも聴いています」

とっさに出たのはありきたりの言葉で、でも、こういうときはやっぱりこれしかない。

ゴスケさんは「や、それは、ありがとうございます」といつものあたたかみのある声でニッコリしてくれた。

本番中なのにお邪魔してすみませんでした。


日曜の朝にラジオを聴くのがいっそう楽しみになった。ゴスケさんが人の邪魔にならないように店を巡っていく姿が目に浮かぶ。

たぶん朝市の関係者の方で、さまざまな役割をこなしながら十分間だけラジオでお薦め情報を発信しているのだろう。味わい深いリポートから朝市への愛情が感じられるわけだ。

葉山の朝市は三十年もつづいている。きっと地元のゴスケさんのような人たちがずっと支えてきたんですね。

二月堂

玄関の引き戸をガラガラと開け、「失礼します」と声をかける。

さて、今日は何人かな。たたきに脱いである靴に目がいく。一足か二足のときもあるし、十足のときも。たくさんの靴が並んでいると、座る場所があるかしら、と心配になる。

北鎌倉の書道教室「てならいどころ」に通いはじめたのは、なにか和の習いごとをしたいと思ったからだった。古都鎌倉で伝統文化をひとつくらいは学びたい、という単純な動機からだったが、縁あってとても素敵な先生のもとで習うことができた。

教室は先生のお宅で、木造の一軒家だ。畳《たたみ》の部屋に十卓ほどの二月堂と座布団が置いてあって、生徒は正座して先生と向かい合う。こぢんまりした寺子屋のような雰囲気だ。

いまどき二月堂なんてめずらしい。黒い長四角の木の座卓は、祖父の家でお盆のときに供物《くもつ》を置いていた。お寺ではよく見るが、私は普段使《ふだんづか》いをしたことはなかった。

「二月堂」という名前は、奈良の東大寺二月堂でお坊さんが使っていた小机が由来だ。無駄を省いたシンプルな机は、食卓に、お経の勉強に、修行僧の生活に欠かせない。天平《てんぴょう》時代から使われてきたというから千年以上になる。その二月堂で書を習うなんて、身が引き締まるというもの。

まずは墨《すみ》をすることからだ。硯《すずり》に向かって墨をする。何十年ぶりだろうか。子どものころを思い出した。

小学校の高学年のときに近所で習字を習っていた。何人もの子どもが集まれば騒がしくなる。ジッとしていない子、筆でいたずら書きをする子、雑然と楽しい教室だった。

私はおとなしいほうだったが、墨をする時間は退屈だった。墨汁《ぼくじゅう》を使えば簡単なのに面倒だなあ、と隣の子とおしゃべりしながらせっかちに手を動かしていた。

まったくわかっていなかった。墨汁とすった墨とでは、書いた文字の出来が違う。筆の運びも雲泥《うんでい》の差だ。でも、そういうことではない。この年齢になって実感した

光明寺の開山堂。使い込まれた茶色の二月堂。廊下には何十もの二月堂がたたんで積み上げられていた。

のは、墨をする時間こそが貴重だということだった。

静かな部屋で硯に向かっていると、なんとも穏やかな気持ちになってくる。墨のすれるかすかな音を聞き、墨のにおいを嗅《か》いでいると、せわしなく動いているいつもの自分が解放されるような気持ちになる。ときおり聞こえる小鳥の声や横須賀線の電車の音が、心地よく耳に入ってくる。

先生は「習字」ではなく「書道」ですよ、とおっしゃる。きちんと正座して墨をすることで、まず、何かを学ぶことができた。年齢を重ねてからの習いごとはいいものだ。若いときには感じられなかった喜びがある。

上達はしなくても、書道のお稽古は生活のなかの貴重なひとときとなっていた。


ある日、教室に行くと部屋は様変わりしていた。二月堂が姿を消し、同じ位置に組み立て式の机と椅子が並べてあった。生徒さんたちは年配の方が多い。立ったり座ったりが大変になってきたからだろう。

使わなくなった二月堂を、欲しい人がいればどうぞ、と言われ、「はい、私、いただきます」と手を挙げた。それまで気にしていなかったが、お別れとなると離れがたくなったのだ。

この日は畳の部屋で。ふだんはたたんで押し入れにしまっている。

その日のお稽古が終わり、帰りがけ、二月堂の足をパタン、パタンと折りたたんで包み、小わきに抱えた。まあ、星野さん、その格好で外を歩くんですか、力持ちねえ、と先生はびっくりされたが、なんのその、駐車場はすぐそばだ。足取り軽く教室を出た。

何年もお稽古で使われていた二月堂。あちこち傷もあるが、そこがまた味わいとなって、我が家にも馴染《なじ》んでくれている。

書道のお稽古はいま、お休みをいただいている。お稽古に通わなくても家で練習するつもりだったが、墨と筆とは遠のいてしまっている。でも、きちんとした手紙を書くときには、二月堂の前に座る。正座をして万年筆を持つと、気持ちが落ち着く。心なしか文章も美しい日本語になっているようだ。

姿勢よく、あの墨をするときの清々《すがすが》しい気持ちになって便箋《びんせん》に向かっている。

第5章　新しい日常

三ノ鳥居からの鶴岡八幡宮

トンビ

小学校の音楽の時間、大好きな歌のひとつが「とんび」だった。

飛ーべ、飛ーべ、とーんび、空高く、鳴ーけ、鳴ーけ、とーんび、青空に、
ピーヒョロ、ピーヒョロ、楽しげに、輪をかいて

のびのびとした歌詞と明るい曲。羽を広げゆうゆうと大空を飛ぶトンビに憧れた。なんて自由なんだろう。教室で大声で歌いながら、自分も気持ちよく空を飛んでいる気分だった。

そのころはあまり見かけなかったが、鎌倉で、トンビは身近になった。

空高く飛んでいるはずのトンビは、ここではいつも低空飛行。頭上数メートルを旋回していることもある。このくらいの距離だとしっかり姿を観察できる。間近で

ほとんど羽ばたかずに空を飛び回るトンビ。ピーヒョロロロ…と鳴くのは縄張りをアピールしている。視力は人の7倍とか。

こんな大きな看板を目にしていても、ついうっかり無防備になってしまう。

パン屋の壁にも英語で注意！

見るトンビは優雅でも楽しそうでもない。鋭いくちばしに獰猛《どうもう》な目が光り、広げた茶色の羽は巨大で硬そうだ。

鎌倉近辺の海岸の入り口で、「トビに注意」の大きな看板を見かける。人が持参した食べ物を狙っているのだ。

引っ越してきた当初は、その意味がわかっていなかった。トンビを甘く見ていた。ある天気の良い日、夫と砂浜に座り、手作りのおにぎりを食べようとしたときだ。バサッと耳元で風が起きた。一瞬目を閉じ、身を縮ませる。

「何？　何？！」

何が起きたかわからず、思わず夫と顔を見合わせる。

手に持ったおにぎりはなくなっていた。

見上げると、一羽のトンビが前方を逃げるように飛んでいく。

トンビは、私たちの後ろ上空でチャンスをうかがっていたのだ。座っている私と夫の肩のあいだはわずか三十センチ。「じゃ、梅干からにする？」なんて話しながらおにぎりを持つ手が肩のあいだに来た瞬間、急降下。爪《つめ》で確実にキャッチして急上昇。米粒ひとつ残さず、手に傷もつけず、お見事というしかない。

いやあ、びっくりした。恐いというより、野生動物の獲物《えもの》を獲《と》る能力に感心したのだった。

観光客が大勢浜辺を訪れる週末や祝日は、トンビの稼ぎどきとなる。遠くから浜辺の空を眺めるだけで、人で賑《にぎ》わっていることがわかる。何十羽のトンビ軍団が戦闘態勢で旋回している。

最近は浜辺だけでなく町中の狭い道でもトンビが出没するようになった。みやげ屋が建ち並ぶ小町通りで食べ歩きしている人まで被害に遭《あ》っているという。

鎌倉駅の西口付近で私も目撃した。ヒャーッ、という女性の悲鳴に振り返ったら、若い子が泣きそうな顔で立ちすくんでいる。足元には無惨《むざん》に潰《つぶ》れたソフトクリームが…。トンビが取り損《そこ》なったらしい。幸い怪我はなかったようだが、観光客はくれぐれも気をつけてください。

しかし、トンビはソフトクリームまで食べるのかしら。

凶暴でやっかいなトンビだが、ほかの顔もある。雨がしとしと降る日、部屋の窓から外を眺めると、近くのマンションの屋上にトンビが五、六羽とまっていることがある。このあたりが縄張りのグループかもしれない。みんなびしょ濡《ぬ》れで、長いあいだジッと動かない。グレーの重い空に、黒っぽいトンビが数羽。一枚のモノクロームの写真のようだ。

浜で食べ物を狙うトンビたち。

トンビの立ち姿は美しい。スッと背筋が伸びていて、頭に緊張感がある。雨に濡れていてもみすぼらしくない。堂々としている。

今日はお腹を空《す》かせているのだろうか。こんな日は浜にも町にも人はいない。ちょっと気の毒になって、しばらく眺めていたりする。

雨の日は優しい気持ちになる。

鎌倉彫

ふらっと立ち寄った店で、掘り出しものに出会うことがある。

ずいぶん前、骨董《こっとう》の器を扱う店に入った。薄暗い店内に磁器《じき》や漆器《しっき》がぎっしり置いてある。雑な並べ方ではなく、きちんと整理されている。こういう店では何か見つかりそうな予感がして、ときめいてくる。

夫も私も出かけたついでに骨董品屋を覗《のぞ》くことがよくある。お店に一緒に入っても、いつも別々に見て回る。興味があるものが違うのか、それぞれが気になるものに引き寄せられていく。

朱塗りの小箱は、どちらが先に手に取ったのか覚えていない。葉書入れだろうか。たばこ入れ？　重厚なカエデの木の彫りが施されて、朱の色はくすんでいる。

「これ、いいね」

「うん、いいね」

ふたりとも気に入った。

鎌倉彫ですよ、結構古いものですね、とお店の人。

もうすぐ夫の誕生日だ。

「どう、これをプレゼントに」

「うん、いい。すごくいい」

話は決まった。

古い鎌倉彫のわりに値段は高くない。箱の蓋《ふた》を開けて理由がわかった。

中に目立ったひび割れがある。

「これは、ちょっと…」

「うーん」

残念だが、あきらめようか。

お店の人は、博古堂のだから持っていけば修理できますよ、と教えてくれた。箱の裏にうっすら「博古堂」の印が残っている。

「どうする？　修復したものでもいいかな」

「もちろん。むしろ、いい」

話は進んだ。

力強いカエデの彫りに一目惚れ。長年の手擦れで中塗りの黒が出ている。鎌倉彫の趣のひとつだという。

博古堂は、八幡宮の鳥居のわきに店を構える鎌倉彫の老舗《しにせ》だ。近くには観光客が気楽に覗《のぞ》けるみやげ屋が軒《のき》を連ねているが、博古堂は別格。二階建ての和風建築の建物は、みるからに敷居が高い。小箱の修理では入りづらい雰囲気だ。

緊張して扉を開けた。小さな美術館のような店内だ。手鏡やブローチといった手ごろなものもあるが、棗《なつめ》、大皿、硯箱など芸術作品が展示されている。気に入ったからといって衝動買いできる値段ではない。

優しい笑顔の女性が現れてホッとした。女性は持参した小箱をひと目見て、「ああ、これは後藤齋宮《いつき》がつくったものですね」と言う。

後藤齋宮は鎌倉時代の仏師から八百年つづく後藤家の当主。江戸時代末期から仏像や仏具の需要がなくなり衰退した鎌倉彫を、明治時代に美術工芸品として再興した博古堂の初代だそうだ。

なんと、創始者がつくった小箱だとは…。びっくりだ。

さらに驚いたのは、説明してくれている女性が博古堂の四代目だったということ。運慶《うんけい》の流れを汲む鎌倉彫。東大寺の金剛力士像の豪快なイメージがあるから、当主は当然男性、職人気質《かたぎ》で難しそうな人だと思い込んでいた。四代目は、ショートヘアの似合うモダンで颯爽《さっそう》とした人だ。

博古堂。店の奥に工房がつづいている。

二階の展示室を案内してもらい、鎌倉彫の歴史を見せていただいた。代が変わるごとに作風も違う。移り変わる時代のなかで、鎌倉彫も変化してきている。四代目のデザインは、女性らしさと力強さがうねるように調和していた。

しばらくして小箱は見違えるようになって戻ってきた。大きなヒビだったのに、どこが割れていたのかまったくわからない。箱の内側はなめらかな黒い刷毛目《はけめ》がしっとりと艶《つや》やかだ。

これが長年受け継がれてきた技術。漆の力と職人の技に惚れ惚れする。

彫りの入った表側も塗り直せば新品同様の色になるということだったが、そのままにしてもらった。百年のあいだ、使い込まれた良さがにじみ出ている。その時間も愛《め》でていたいというものだ。

以来、鎌倉彫に興味をもつようになった。

「鎌倉彫の器でイタリアンをいただく」という催しに参加したことがある。

鎌倉彫は飾りもので高級品のイメージが強いが、これからは暮らしのなかで使えるようにしていきたい、という作り手の願いからの催しだ。

会場は北鎌倉の東慶寺《とうけいじ》。駆け込み寺として知られ、梅や花菖蒲《はなしょうぶ》など、花の寺としても有名だ。料理は北鎌倉のレストラン「タケル・クインディチ」。古民家を改装した店でイタリアンをいただける評判の店だ。ワクワクする取り合わせ。古くて新しい鎌倉ならではの試みだ。

東慶寺の広い畳の部屋に椅子《いす》とテーブルがセッティングされていた。和洋折衷の一夜限りのレストランだ。

塗りの器は和食のためと決めつけることはないようだ。力強い彫りの皿は、鎌倉野菜のサラダやステーキを乗せてもしっかり自己主張している。それでいて木と漆のやわらかい質感のせいか、肉も野菜もやさしい味に感じられる。

箸《はし》も用意されていたが、スパゲッティをフォークで食べてみた。オリーブオイルと肉汁、香辛料たっぷりのスパゲッティをフォークでクルクル巻く。お皿の値段を知っているだけに指が緊張する。フォークの先が皿に触れて傷を付けないように…。

でも、鎌倉彫はそんなに弱くはないそうだ。後藤家四代目が言っていた。

「あまり気にしないで使ってあげてください。私の母は亀の子タワシで洗ったりしていますよ」

とのことだった。

東慶寺。女性から離婚できなかった封建時代、東慶寺に駆け込めば協議離婚することができた。閉門されているときは、かんざしか下駄を投げ入れたという。

和でも洋でも鎌倉彫の器で食べるのはやはり気が引ける。家でふだん使っている鎌倉彫はお盆や菓子皿くらいで、そう汚れないから拭《ふ》いたり軽く洗うくらいだ。ただ、出前の重箱はていねいに洗う。

ときどき鰻重を出前してもらう「つるや」の重箱は鎌倉彫だ。出前だからといってプラスチックの重箱にするなんて、川端康成や田中絹代に愛された老舗は考えもしない。

引っ越してきて、はじめて出前を頼んだとき、「食べ終わった器は玄関の外に置かないでください」と念を押された。なぜなら、器を回収にくるのが翌朝だから。漆器は紫外線と乾燥に弱く、割れたり欠けたりするそうだ。玄関の外で日に照らされていたら、傷《いた》んでしまうのだろう。

ちなみに、支払いも翌朝だ。え、支払いも？　いいの？　都会暮らしが長いと、そんなことにも驚いてしまう。出前を頼むのはなじみのお得意さんばかり。昔からのやり方なのだろう。

だから、「つるや」に出前を頼んだら、翌朝の十時ごろには必ず家にいなければならない。

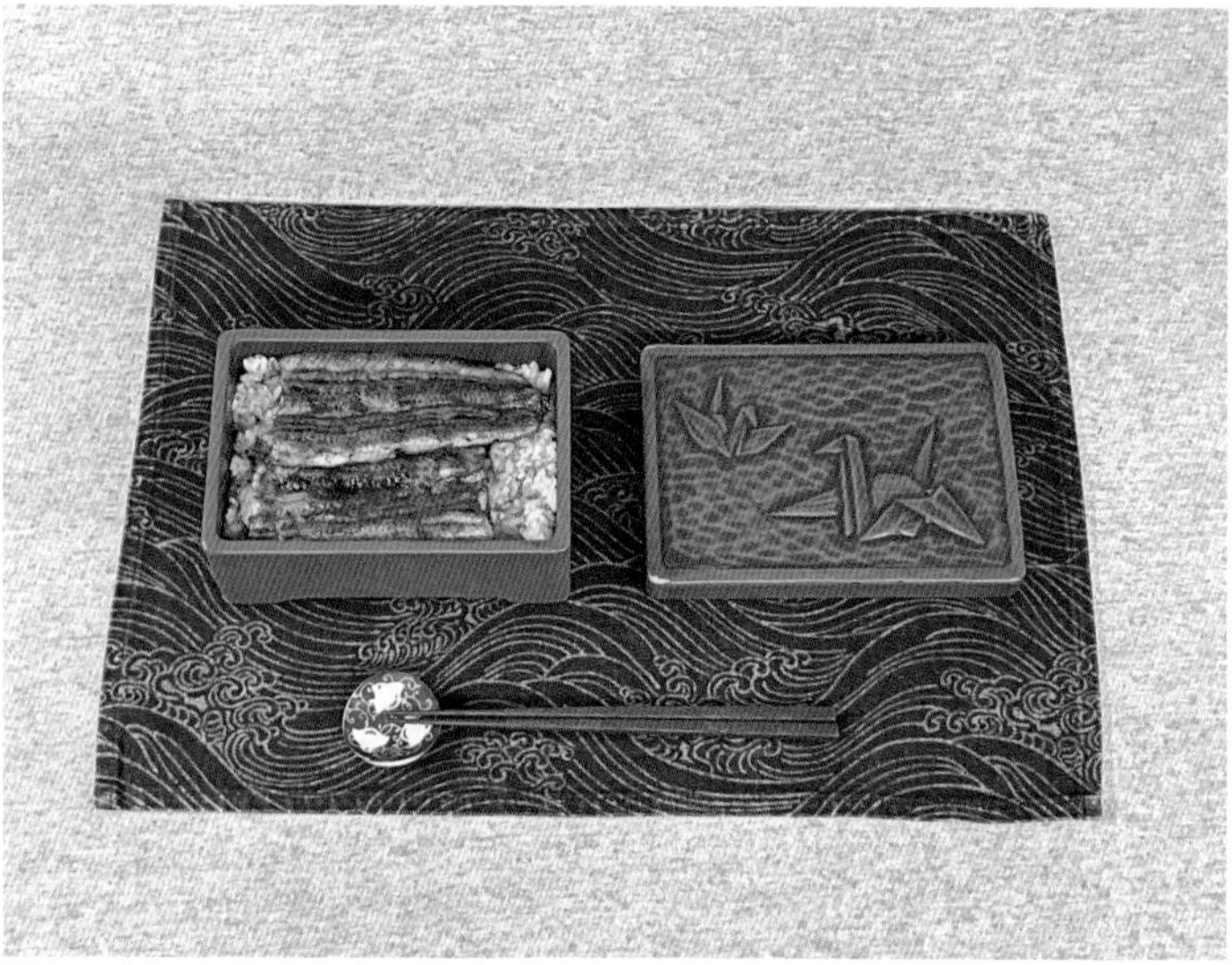
届いたばかり、「つるや」の鰻重。この日は蓋の左下が小さく欠けていた。

鰻はもちろん、おいしい。もう「つるや」以外の鰻重は一生食べなくてもいい、と毎回満足して食べている。そして、食べ終わった重箱をていねいに洗う。自分の塗りの味噌汁椀よりずっと気を遣っている。

洗剤を泡立ててそっとなでると、おや、ちょっと欠けている、塗りがだいぶ剥《は》げてきたな、とわかる。毎日バイクで配達しているのだから、傷むのは仕方がない。しばらく間を置いて出前を頼むと、重箱の傷が消え色鮮やかになっている。ときどき塗り直しながら使っているそうだ。

鎌倉彫の器を普段使いするようになれたら、と思いながら、「つるや」の重箱で、食べて、洗って、練習している。

塩対応

海が目の前に広がって、できれば富士山が見える場所を、とみなさんおっしゃるんですよ。

湘南で土地を探しているときに、案内してくれた不動産屋さんが言っていた。

私も憧れていた。朝日に照らされる富士山、夕焼けに映《は》える富士山、毎日いつも富士山と暮らせたら最高、と。

でも、そういう土地や家は人気があって、なかなか空きが出ないのだそうだ。

それに、と不動産屋さんは付け加えた。

海と富士山が見えるということは、窓が南西の方角になります。湘南の西日は辛いですよぉ。僕は西日の当たる部屋で育ちましたから。

湘南生まれのその人は、よく日焼けしていた。

暮らしてみてわかった。我が家は海も富士山も見えないが、南と西の窓から入る日差しは強烈だ。周りに高い建物がないせいもあって、なかなか日が陰らない。本当に部屋の中でも日焼けしそうだ。夏場は西側の窓のシャッターを早めに閉めている。

でも、西日よりやっかいなのは、海の塩だった。海の町に暮らせば、塩害は覚悟の上。家の傷《いた》みが早いとか、自転車や車がすぐ錆《さ》びてしまうとか、いろいろ聞いていた。

ただ、それほど海のそばではないのに…。

物干《ものほ》し竿《ざお》が錆びやすいのは仕方がないが、洗濯物が乾かない。いいお天気で風も適当に吹く絶好の洗濯日和、のはずなのに、カラッといかない。干す時間が長くなるほどベタつくのは、海風が運ぶ塩のせいだ。

南側の窓ガラスはすぐ曇る。台風や嵐がくると、窓はひと晩で真っ白になる。風に巻き上げられた海水が窓にたたきつけるようなものだから、塩水をかぶったも同然。台風が去って日が照ると、ガラスに付いた塩分が乾いて白くなる。

網戸も塩まみれだ。細かい網の目に光る粒がいくつも付いていて、もしや、と指で触って舌の先で舐《な》めてみたら、しょっぱい！　塩の結晶だった。

西方向の風景。江ノ島と雪をかぶった富士山は理想の眺めだ。冬場は富士山が大きく近くに見える。

きのう窓掃除をしたばかり、なんてときはため息が出る。もし富士山が見えて海に張り出した家だったら、西日と塩ともっと格闘しなければならなかっただろう。

海の眺望《ちょうぼう》が楽しめるリゾートホテルやレストラン。全面ガラス張りでピカピカの窓を見るたびに、いつも透明に保っているのは大変だろうなあと感心している。

さて、洗濯物は部屋干しよりなるべく太陽に当てたいほうだ。いかに気持ちよく乾かすか、と努力を重ねるうちに、風の向きに敏感になった。

鎌倉は南が海で、北に山。その日によって南から吹く海風だったり、北から降りてくる山風だったりする。

一日のなかでも風の向きが変わる。朝、山風だったから洗濯物を外に干し、昼ごろに海風に変わって、あわてて取り込んだりする。風の動きを察知しないと洗濯物が塩漬けになってしまう、というのは大げさだが、風をいつも感じながら暮らすのが当たり前になった。

風は、向きだけでなくにおいとか頰《ほお》に触る感触が違う。

山からの風は、軽い湿り気を含んで澄んでいる。晩秋の冷えた土のにおいはとくに好きだ。

梅雨どきの海風は最悪だ。空気が重くて生臭くなる。冬は、キリッと潮のミネラルたっぷりで元気になる。

そう、塩は体にいいという。何かと大変でも、鎌倉に来てから風邪をひかなくなった。これは潮風のせいかも。いまはもう、日ごろ着るものも私の体も適度な塩分を含んでいるに違いない。


塩対応という言葉がある。素っ気ない、とか無愛想な対応、という意味だ。

鎌倉は塩対応の店が結構多い気がする。

「あそこは塩対応なんだよね」「あの店は塩だから」と知り合いとの会話のなかでもよく出てくる。

いらっしゃいませ、とニコニコお客を迎えるのは、観光客向けの店。代々地元で小さな店をつづけているようなところは、愛想笑いはしないし、言葉も少ない。

最初はちょっと戸惑った。お店で「あの、すみません」と声をかけても表情が変わらなかったり、面倒くさそうだったり。私、何か失礼なことをしたかしら、とドギマギした。

近所の八百屋さんに「まいど、どうも」と言われたのは、二年くらい経ってからだった。

どうやら、ぶっきらぼうに見えるのは人見知りで照れ屋のところがあるからのようだ。慣れればどうということはない。不親切というわけではないし、サバサバしているだけだ。

日々潮風に洗われて暮らしているのだから、塩対応になっても不思議じゃない。

いや、潮対応、かな。

鎌倉はいい塩梅《あんばい》の塩加減だ。

地鎮祭

「埋蔵文化財発掘調査実施中」

フェンスで囲まれた建築現場を通りかかって、この看板が取り付けてあると、気の毒になる。

ああ、出ちゃったんだ…。

何が出たかというと、地中に埋まっている鎌倉時代の遺構。道や柱の跡などの埋蔵文化財だ。

なぜ気の毒かというと、本格的な調査がはじまると二、三か月以上を覚悟しなければならない。家を建てるのはただでさえ時間と費用がかかるのに、予定外の遅れと支出に悩むことになる。大問題だ。

鎌倉では毎年あちこちで発掘調査が行われている。鎌倉時代の遺跡が埋まっている可能性のある地域は市の面積の六十パーセント。人の住めない山も含めてだから、かなりの広さだ。

掘れば何か出そうな土地。実際さまざまなものが出土している。井戸やかまどの跡、側溝、瓦、無数のかわらけ（素焼きの土器）、漆器《しっき》、ハマグリの入った曲物《まげもの》、かみそり、鋤《すき》、五輪塔《ごりんとう》。器やはさみ、古墳時代の石棺《せっかん》に入った人骨まで。昔の人の暮らしが地面の下で眠っている。

建物を建てる場合、必要だったらまずは狭い範囲を掘ってみて、遺構が出土したら本調査になる。

我が家も更地のときに試堀調査を行った。結果が出るまでは落ち着かなかった。本調査になったら、着工はストップだ。引っ越しは遅れるし、調査費用は原則事業者負担、なんて聞くとドキッとする。「これまでの経験上たぶん大丈夫ですよ」と施工会社の方の言うとおり、何も出土しなかったのでホッとした。

ただ、少しばかり期待していた。もしかしたら埋蔵金が埋まっているかもしれない。割れたお皿が出てきたらかけらでもいいから欲しいなあ。ワクワクした。

自分の住むことになる地面のほんの数メートル下に、何百年も前の暮らしが残っているなんて、これまで想像したことがなかった。

礎石の周辺に置かれたかわらけ（14 世紀前半ころ）。

発掘調査中の看板。

若宮大路沿いの発掘現場。二ノ鳥居が見える。

13 世紀前半～ 15 世紀の遺跡から出土した花模様の漆器。

いえ、鎌倉でなくても、昔から人が住んでいた土地は、地中に何層も家や道の痕跡が残っている。頭ではわかっていたが、自分と結びついていなかった。

観光客として有名な遺跡を見学し、博物館のガラス越しに修復した壺《つぼ》や皿を眺めることに慣れているせいかもしれない。遺跡は特別なものではなく、すぐそば、足元にあるというのに。

どんな人たちがどんな暮らしをしていたのだろう。しょっちゅう発掘調査が行われている鎌倉だからこそ、昔の人たちが身近に感じられてきた。


さて、無事に試掘調査をクリアした後は、晴れて工事着工と進むが、その前に儀式がひとつ。地鎮祭《じちんさい》が待っていた。

地鎮祭は、土地の神様に建築することの許しを得て、工事の無事を祈り、住む人の繁栄を祈願する儀式。『日本書紀《にほんしょき》』にも記録されているそうで、古くから行われている儀式だ。

当日、家が建つ地面に紅白幕を張ったテントがしつらえてあった。祭壇にはお酒やお米など供えられ、神主さんが神妙な面持ちで立っている。仰々《ぎょうぎょう》しい雰囲気だ。なんせ生まれてはじめての経験だ。たぶん最初で最後。何をどうしたらよいのか、

地鎮祭。神主さんの右下にあるのが盛り砂。

そわそわ落ち着かない。

工事関係者、設計士、夫と母と私が椅子《いす》に座り、神主さんがお祓《はら》いし、祝詞《のりと》を上げ、土地を浄《きよ》めるために細かい紙を撒《ま》き、と儀式は厳《おごそ》かに進んでいく。

祭壇のそばに砂でつくった円錐《えんすい》形の小山があり、てっぺんに若竹が挿《さ》してある。

「それでは、どうぞ」

と鍬《くわ》を差し出され、促された。

これだ…。事前に説明されていた。

「盛り砂に、エイ、エイ、エイ、と言いながら三回鍬を入れてください」

鍬入れの儀だ。

かけ声をかけながら鍬を振るの？　なんだか恥ずかしいね、と母と私は遠慮したかったが、夫が代表してというわけにはいかないそうで、この土地に住む全員がやらなければならない。

鍬を持つのもはじめてだ。ザクッ！　一回目は力が入りすぎて盛り砂が崩れそうになり、二回目、三回目は小さく鍬を振った。へっぴり腰でかけ声は小さかったと思う。

約三十分ほどの地鎮祭は、神様をお迎えしてお帰りになるまで短い儀式がたくさんある。最後は、お供えした御神酒《おみき》をみんなで一口ずついただき、滞りなく終了した。実際の時間よりずっと長く感じられた。

設計士さんがすぐに近寄ってきた。

ほらね、今日は来ましたね、とニッコリ。

ああ、やっぱり、あれが、と私。

地鎮祭がはじまる前に設計士さんが言っていたのだ。儀式の間に土地の神様が来ることがあって、風が吹くんですよ、と。

たしかに、ブワワァ…、と一瞬、風が吹いて紅白幕が大きく揺れた。

これまで数多くの地鎮祭に参加してきた設計士さんの言うことだ。不思議な風が吹くことがあるのだろう。

偶然かもしれない。たぶん、たまたま風が吹いただけ。でも受け手が、神様が来てくださった証《あかし》、と思えればそういうことだ。

地鎮祭を経験してよかった。短い儀式なのに、終わったときには「これからこの土地に住まわせていただきます」という気持ちになっている自分に気がついた。恥ずかしかった鍬入れの儀も、やってみると土地との絆ができたように思えた。鍬を介して土地に触れることで、土地の神様に「よろしくお願いします」と自己紹介したのかもしれない。

地鎮祭から八か月後に家が完成し、それから十四年になる。

あと何年住むことになるのだろう。たかだか十年か二十年…。はるか昔から人が暮らしてきた土地の、ほんの薄っぺらな表面に、ほんの短い時間滞在しているに過ぎない。

土地を所有することとは、少しのあいだ借りているだけのこと。未来の人たちにバトンタッチしていく責任がある。

ちゃんと暮らそう、と思っている。

あと五百年経って地面を掘り返したとき、我が家の痕跡《こんせき》が何かしら出てくるだろうか。いや、何も残っていないだろうなあ…。

歌

一、七里ヶ浜のいそ伝い
稲村ヶ崎　名将の
剣　投ぜし古戦場

二、極楽寺坂　越え行けば
長谷観音の堂近く
露坐《ろざ》の大仏おわします

唱歌「鎌倉」は、このあと八番までつづく。由比の浜べ、雪の下村、八幡宮、鎌倉宮、建長、円覚、など鎌倉の名所旧跡を紹介するガイドブックのような歌だ。

私はこの歌を知らなかったが、母はスラスラと歌える。小学校の音楽の教科書に載っていたそうだが、八十年以上も前のこと。よく忘れずにいたものだ。

鎌倉に住んでから、母は大仏様を見るたびに「ろ～ざのだ～いぶつ、お～わします」と歌い、稲村ヶ崎の崖のあたりを通りかかると、「新田義貞《にったよしさだ》だ、つ～るぎ、とう～ぜし、こ～せんじょう」と浪曲ばりになっている。

新潟の片田舎の学校でこの歌を歌い、鎌倉はどんなところだろうと憧れていたらしい。

「まさか住むことになるとはねえ」

母は歌に登場するほとんどの場所を訪れることができたと、喜んでいる。

この歌は、十年くらい前に鎌倉駅の発車メロディだったことがある。二年間使われて、そのあと延長されなかった。古都鎌倉らしい曲なのだが、どうも評判が良くなかったらしい。短調の曲なので、哀愁があるというか…、「暗い」という声が多かったとか。

短いフレーズで鎌倉の名所と歴史も学べるいい歌だ。歌い継いで欲しいと思っているが、いまの鎌倉のイメージとはそぐわないのかもしれない。

鎌倉や湘南は、短調よりも長調の明るい歌が似合うようだ。

ずいぶん前、土地や家を探していたころ、車で東京から鎌倉近辺に何度も通った。夫とふたり、CDを何枚か選んで車の中で聴くのが楽しみだった。クラシック、ジャズ、ポップス、その日の気分で曲を流していたが、高速道路を降りて海沿いの道に出ると、加山雄三さんのCDにチェンジ。そして、サザンオールスターズへ。流行の歌よりも、なぜか懐かしい曲を聴いていた。

鎌倉の海を目の前にして、加山さんが「海よ、俺の海よ〜」とおおらかに歌うと、ああ、太平洋だ、大海原だ、と気持ちが大きくなってくる。サザンの初期のころの曲は、調子がよくてリズミカルで、ゆるい感じが湘南の風によく似合う。

なんとも明るい。太平洋を眺めてこういう歌を聴いていると、ものごとにこだわらずにいられそう、とつくづく思ったものだ。

太平洋側の歌は、たとえ失恋の歌でもジメジメしない。さっぱりして、引きずらない。太平洋側は、とことさら思うのは、私が日本海側で育ったからなのだろう。

日本海の歌、それも北のほうというと、やっぱり演歌を連想する。耐えて、泣いて、すがって、去って…。日本海を舞台にした演歌は山ほどある。

森昌子さんの「哀しみ本線日本海」が「哀しみ本線太平洋」ではつらさ半減、すぐ立ち直れそうだ。それではヒットしないわけで、日本海でなければならない。

でも、それもイメージでのこと。冬の海は失恋したら行かないほうがいいが、雪と風とが思いっきり荒れる自然はエネルギーに満ちている。体感する価値がある。

それに、日本海もいろいろな表情がある。

新潟の夏、海は深みのある群青色《ぐんじょう》に染まる。変化に富んだ海岸線に打ち寄せる波は、澄んで冷たく、磯の香りは強い。

太陽は海に沈む。大きな夕日が水平線に吸い込まれていくときのダイナミックなこと。自分の悩みが小さく思えてくる。

夜は漁火《いさりび》が幻想的だ。夜間に行われるイカ漁では、イカをおびき寄せるため船にたくさんの電球が付けられている。真っ暗な海に点々と灯りがともる光景は、遠く眺めていると心が安らいでくる。

太平洋側を表日本、日本海側を裏日本と呼んでいたのはいつごろまでだっただろう。

表は明るく進歩していて、裏は暗く遅れている。そんなイメージだった。裏に住む私たちは無意識にコンプレックスをもっていた。

太平洋側に暮らすようになって、そのコンプレックスは消えていった。日本海側のきびしい自然の美しさ、奥ゆかしく味わい深い暮らし。気づかなかったことが輝きを増して感じられる。

小さくて細長い島国なのに、両側に広がる海の印象が違うのは素敵なこと。自然と人の暮らしが培《つちか》ってきた情緒が、それぞれの海に映っている。

あとがき

通称レンバイでよく野菜を買う。正式には鎌倉市農協連即売所。昭和三年からつづく野菜市場だ。市内の農家が自分でつくった農産物を板の台に広げて売っている。鎌倉野菜は新鮮で味が濃く色鮮やか。めずらしいものもたくさんあって目を引く。スパッと切ると中がスイカのように赤い紅芯大根《こうしんだいこん》。見た目はひょうたんでオレンジ色のバターナッツかぼちゃ。ツルンと真っ白な白ナスは、煮ても焼いてもとろけるような柔らかさ。鎌倉の採れたて野菜を毎日食べて、私の体はもう地元の人たちと同じになっているだろう。

食べ物と風と海と山。月日とともにしだいに鎌倉に慣れていくのが楽しかった。人にも自然に溶け込めた。鎌倉は外からの人を垣根なく受け入れ、あまり干渉しない土地柄のようだ。さらりとしたお付き合いができて住み心地がいい。この本を書けたのも、私が出会ってお世話になった人たちのおかげだ。たくさんの方々に感謝したい。

それに、家族のおかげ。季節の花が咲くのを並んで見て、旬のものを一緒に食べて、「きれいだねえ」「おいしいねえ」と小さな喜びを分かち合うことで毎日がより豊かになった。

記憶力のいい夫には、執筆中「あれはいつだったっけ?」「あのときはどうだったっけ?」と尋ねてずいぶん助けてもらった。

鎌倉に来てから母と過ごす時間が増えて、故郷やこども時代を思い出すことが多かった。自分の根っこの部分をたしかめたような気がする。

「徒然《つれづれ》なるままに鎌倉の日々を書きませんか」と声をかけていただいてから約一年。敬文舎の柳町敬直さんに励まされながら思うがまま自由に書くことができた。

ありがとうございました。

二〇二三年 四月　ヤマボウシの花咲く窓辺で

星野 知子

星野知子の鎌倉四季だより

2023年8月10日　第1版 第1刷発行

著　者　　星野 知子
発行者　　柳町 敬直
発行所　　株式会社 敬文舎
〒160-0023　東京都新宿区西新宿3-3-23
ファミール西新宿405号
電話　03-6302-0699（編集・販売）
URL　http://k-bun.co.jp
印刷・製本　中央精版印刷株式会社

Printed in Japan　ISBN978-4-911104-60-6